斯洛文尼亚
文学丛书

From the Other
Side of the Wound
Aleš Šteger

从伤口 另一端

阿莱士·施蒂格诗选

[斯洛文尼亚] 阿莱士·施蒂格 著
梁俪真 译

华东师范大学出版社

华东师范大学出版社六点分社 策划

目 录

《喀什米尔》（1997）

浪漫派和现实派········ 3

核桃········ 4

眼睛闭上········ 5

给你········ 6

在海滨围栏后········ 9

对一个良夜的十项要求········ 12

《瘰瘤》（2002）

普图伊——普拉盖尔斯科——卢布尔雅那········ 17

三十六秒········ 19

反气旋········ 21

瘰瘤········ 23

沙洲········ 25

在面包和盐之间········ 26

以垂直的方式········ 28

零度万有引力········ 30

阿西西国际露营地········ 32

《事物之书》（2005）

蛋········ 35

石头········ 36

刮擦器------ 37

猫------ 38

巧克力------ 39

蚂蚁------ 40

伞------ 41

烘手机------ 43

胃------ 45

刀------ 46

海马------ 48

牙签------ 49

回形针------ 51

墙------ 52

蜡烛------ 53

《身体之书》(2010)

必不可少的行李

我们村里的孩子们------ 57

你私人的启示录------ 59

天使们究竟为谁演奏？------ 61

这铭文："你乃我们从前所是"------ 63

我醒来失去了右手------ 66

她的生命------ 68

我们步行了十七英里------ 70

这只是其中一个入口------ 72

腐烂木料的气味········ 74
  没什么惹人注目的········ 76
  照样，当我转过街角········ 78
  一个女孩身旁的德国牧羊人········ 80
  古罗马城墙········ 83
  我已经分散我的身体········ 85

那时

《地下天空之上》（2015）

地下
  男孩来了········ 99
  尊敬的文化医生！········ 100
  如果一个伟大的观念被翻译········ 103
  年········ 104

可听度之域
  过境········ 106
    东京········ 106
    卢布尔雅那········ 106
    京都········ 107
    柏林········ 107
    成都········ 107
    瓜达拉哈········ 108

尼科西亚·······108

　　布宜诺斯艾利斯·······108

　　北京·······109

　　转机代码·······110

　我的母亲·······113

　父亲是结果·······116

　关于进化的一个真相·······117

天空之上

　我有一件白衬衫·······120

　如同一片原始森林·······122

　理性有一个愿望·······123

　我并未纵身跳进埃特纳火山口·······124

　你内部有一个地方·······128

　我是否应坠入灰色天空·······129

　一首诗在我脑袋里·······130

　五个声明·······131

新诗 16 首

　我们的诗人们朝什么微笑？·······135

　在儿童医院·······137

　锡拉库扎·······139

　我的小神·······141

　游泳池·······143

　生命，无非只在今夜·······144

我亲爱的父亲········ 145

太阳在我身后移步········ 147

释放别样事物········ 149

群山，风，亡者········ 151

柳树········ 153

俱往矣，连同你的死········ 154

站立在你的王国的边陲········ 155

什么是半个小时········ 156

符号········ 157

附录

在语词的腹内　［德］杜尔斯·格林拜恩········ 161

大开口戒　［斯洛文尼亚］罗科·本钦········ 179

《喀什米尔》(1997)

浪漫派和现实派

当我们从雪中采集到珍珠，神秘开始融化。没有日照，白色群山成为一条翻涌暗棕雪泥的河，一条狂暴的河。我们立在岸边，观看曾在雪下安睡如今已死去的天使，连同空荡荡的玻璃瓶和支离破碎的原木，如何一道被一条河卷走。他们真美啊，我们说，哪怕在这条肮脏的河里，他们折断的翅仍是白的，他们的脸完好如初。我们中另一些人随即返家，为了梦到更多天使；我们梦到自己躺在一盏沙漏的底部，从我们头顶天空明亮的开口处，雪坠落，覆盖我们。与此同时，我们中的另一些，跑去取他们的钓鱼装备，开始一场垂钓天使的竞赛。屠夫们加入，在心醉神迷的拍摄者和人群面前，一旦天使坠地，他们便开始挥刀劈砍，将厚肉块与内脏和翅膀分开，后者不久将在拍卖会上被出售。这一些是现实派，这些从高处近距离热爱天使，而稍后将在火刑柱上烧毁他们的人。但我们所遭遇的并不会更好。我们死在其中的白，被席卷，在同一瞬间，我们察觉到咬紧我们的鱼钩，对于这个唯一的，因此也就是最好的世界中的世界而言，当我们仍是活物的时候。

核桃

你两手空空远道而来握着一只核桃，
你攥它，又藏起它像在施魔法，
但万物开始攥你，你知道你不得不
应付，干掉魔术师，才能活命。
核桃中心有颗仁儿，可你不搭理，
你要刻在果壳底层的答案。
太惨痛，因此你攥紧空拳砸碎它。
核桃没了声响，符号碎裂深不可测，
答案像狮身人面，而你攀着裂缝爬进去
吃掉仁儿。给自己凿出个容身处，你成了核桃仁。
仁儿成了你。你蹲下，等
果壳环绕你愈合。像一种胚胎
核桃蹲着，等待，核桃里的光一点点衰缩，
伤口的数目越来越小。慢慢地你可以开始认出符号了，
符号越来越完整。
你大声读，几乎快要读到尽头，
果壳长至圆满而夜垂落你四周。堵在黑暗里，
你听见白兔呲着致命的尖牙蹦出圆筒帽
停在核桃前，瞪眼咋舌。

眼睛闭上

当眼睛闭上你看见一首诗。
它已清空所有你秘密地欲望的事物的坚固。
你忆起刚粉刷过的洁白房间
夏天忘记把它的门窗关闭。
但这也只是不充分的暗示,关于物质世界的种种形式。
这首诗没有入口和出口。
这首诗的内容只有缥缈的气态。
在它内部飘浮的人们,悬挂在墙上的隐喻,
会即刻被一股星际风吹散,
再融合成其他形态。
两朵赤裸的云,刚巧要做爱,
却被星群溶解和喷吐成一团
屠宰过的野猪云,缭绕在
父亲香烟的灰雾里,父亲
正隐身在这首诗的黑暗角落,打量一切。很有可能
他是每首诗真正的作者。你看不见
黑暗中的他,除非他选择显身,
悄没声地,从后面,开玩笑地用双手蒙住你的眼,
追问:我是谁?你要杀我?你是我的吗?

给你

瞧,给你一只避孕套。你装作不喜欢它,
可实际上你需要。就这样,拿着。
现在读一读银色包装上的使用指南。
你不懂这语言,可你喜欢,因为你知道
那上面每一个词都是写给你的。
天知道,甚至有可能它们涉及到你本人,
要么,写说明书的人落笔时考虑到了你。
打开它。不要刻意谦让。它属于你,
你尽管随意。就这样
现在把它贴近你的嘴。不,是的,你没听错,
贴到嘴边。如果这不容易做到,
闭上眼,开始想象
你手里正拿着一块有香味的丝绸,
或一朵你想亲吻的牛眼雏菊。
现在:吹。是的,吹气。慢慢地,等着呼息
扫荡出你里面全部的攒集。是的,它已经变大了。
更用力地吹。你能看见它现在变得有多大吗?
喜欢吗?现在够了。它可以充满
整个房间,把你顶到墙边
挤压你。够了,我说。该是
你系紧它的时候了。嗯——现在它整个

只是你的了。你尽管随心所欲。
啊，我看见你摸到一只红唇膏，
开始在它上面描画。你画了一个小圆点，
又一个圆点。在下方再添一道笑纹。
我明白了：你想画我，
这样你就是我的主人了，可你并没真正
画出我，现在你生气了。你冒出无名火。
不过——这是什么？看上去，在我的微笑背后，
在除了你的呼气别无其他的地方，
有什么东西。你知道那不可能，可
这感觉不放过你。相反：
你越来越焦躁不安。你感到
你似乎在一片黑森林里迷路了，
要么，你再没法挪动你的四肢。
你恨自己成了这副模样，于是耳朵
贴紧你刚为我画的嘴，开始认真听；
你刚刚愉快的呼吸，猛地憋住了。
被狠狠吓了一跳，你接着听。现在
毫无疑问了。在避孕套的空洞里
有一个人，你再心知肚明不过，
那地方没有人踪，所以只可能就是上帝。
惊骇不已，你躲开，因为你从未期待，
更别提想象这状况，也只有到现在
你真地冒火了。这还不够：是冒火伴随恐惧，
因为你并不确定，在那一刻，

当你亮出一只剃刀的刀锋,慢慢,深深地,
刺入我,我是不是真的会永远消失殆尽。

在海滨围栏后

我一直在等你。

是我等着你,尽管我一直就在你身边,
尽管,你的期望,像一扇窗玻璃,
在我们之间徘徊:当我同时在窗的两侧,
你不见踪影;当我跨到
窗的这一侧,脱下外衣,
你会把手掌和嘴唇贴紧另一侧,
将它们扭曲成无数奇异的形状。

一扇窗玻璃,并非新颖的比喻。

昨日,你那样渴望我,
我让自己隐入夜,你能看见的只有
星群,它们在我的胸上闪烁,
而你只能成为孵卵器中
一只无助的幼雏,
与其他幼鸟挤缩在一起,
感觉孤独的小心脏们惊慌的跳动,
如你自己的心脏,
你开始懂得还有其他孤单的存在,

也同样，注定死亡。
昨日你发觉你的疑虑有用途，像那个
被禁止靠近海的小男孩，
站在海滨围栏后
装作海不存在。
对他来说，海不再存在，
但他，仍旧为到来的海水
存在着；海突如其来地涌来，
在商店，在学校，在他父母的争吵中，
甚至后来，在没有爱却羞涩地做爱那时，
海水让他平静。
海涌来，爱，从上方，击穿天空，
所以他抬头，能看见自己赤身裸体
在海浪嬉戏的笑声之上漂浮。

唉，这首诗其实并不……

你以为在这首诗中的此时此刻，
你已经是这诗了？
早晨，你打开窗，
窗外，在光线里世界存在并显得完美，
从远处，你能嗅到海水中盐正在生成。
那凡是你允许成为你自己的，
正控制你。
夜的怪兽藏入你体内，

天使们停靠在鱼群和云彩间。
你并不拥有我,更糟的是,
生命中头一回,你并不关心,
谁知道呢,你对自己说,如果没有,我自己也能离开,
如果没有,我甚至可以一个人游泳,你自言自语,
闭上眼,像一个孩子你闭上眼,
像一只幼雏你贴紧窗玻璃,
谁知道呢,你转身注视这女人,她仍沉睡,
于是你再次向外眺望,望向海,
你听见你身后的黑暗角落里
冰箱门如一只鲨鱼的喉咙张开,
一只白孔雀站立,
绽开它冰凉的,簇拥着星群的尾翅。

对一个良夜的十项要求

一、 我想问你要光,大量大量的晨光,这样,当夜来临,我不会害怕在黑暗里睡着。

二、 我想问你要一个满满的冰箱,像我祖辈的食橱那样堆满,这样,我不必吹亮我腹部的余烬,我不需要咬我妻子的乳房。

三、 我想问你要从容的良知和一种冷静的信念,相信世界是一种平滑的平面,而我将不用在一座我目力不及的山顶驻足,不用在一片不见底的海水中游泳。

四、 我想问你要一辆白色的大卡迪拉克,仅仅因为它在那儿,它就可以使我免于此生所有的危险,礼拜天,我会清洗,爱抚它的翼板。

五、 我想问你要我已经部分要求过的东西:成功,持续,可靠的成功,这样,在你遗忘的日子里,我自己可以照料我的家庭和我自己,可以填满冰箱和蓄水池。

六、 我想问你要一堆按计划出生的小孩,让他们如同雨后的蘑菇,从土地里涌出来,而我,只需要在他们成熟时，收集，两臂搂满。

七、 我想问你要一个人，当我疲惫不堪，一身冰凉地返家，当漫长的白日已尽，我返回床已铺好的帐篷，他拨旺我床上的火。

八、 我想要你给我的每一天一个完满的记号，不需要太大，一个小小的记号就是我要的全部，比如，如同我口袋里的一个洞，钞票和硬币无论怎样都不会掉落到街上，相反，它们会掉进我的长裤腿里某个地方，这样，我可以毫无担忧地躺下，醒着，什么也无法动摇我对你的信念。

九、 我想在我生病的日子里，问你要一阵笑声；在我即将死去的时刻，问你要捧腹大笑。

十、 我想要停止再三思来想去，高速并且高效，这样，我终于能阖上两眼，睡去。

《瘿瘤》(2002)

普图伊——普拉盖尔斯科——卢布尔雅那

天气出人意料地变凉。连绵的阿尔卑斯山峰
和一轮致幻的月整日悬在西方。
你能感觉到它。像你在衣袋里按压的一枚硬币。
售票员从玻璃窗隔板下滑出它,
连同一张普图伊——普拉盖尔斯科——卢布尔雅那单程
车票。
路线上有一个小洞告诉你某地发生过一个错误。
某地,存在及时返程的可能,
存在将你自己从双足踏过的小径上抹去,
纠正方向,从头来过的可能,
你,被遗弃在轨道枯燥的凄切里,被安静地倒转,
在你刚刚作别的时空里沉默不语。
你将头靠在咔哒作响的窗边。闭上双眼。

你额头中心的一块印记有一滴松香树脂的形状,
那是护林人的利斧猛地一劈,在扭结的橡树干上留下的。
穿过雪地和腐叶,樵夫们正涌来。
他们扭结的肌肉坚硬紧实,盛满对树冠不可按捺的渴望,
他们的嘴唇因此皲裂,燃烧。
他们在树林裸露的睡眠中到来,
树皮对链锯的饥渴一无所知。

冰冻的静默里，截肢术在进行。
一个孩子切开一块蛋糕。油料的嗅味温顺，
空气里，巨物倒下时的沉默嘶嘶作响。

当根须苏醒，
留存的只有隐退的轮胎碾痕
和灌木中树干的黑色印迹，提醒着
根须曾养育过的，那能上升并碰触到天空的，是什么。
普图伊——普拉盖尔斯科——卢布尔雅那。
只有从残余的树桩间离开的人，才会
了解流亡的意味。
出人意料地，无处不在变凉。
堆叠的原木上延绵着印记。满月。

三十六秒

我想谈一谈在醉醺醺的太阳下飞舞的
昆虫,落到我们身上,吸我们的血。
站立在齐踝深的柔软泥土里,
你教我怎样在莴苣头下放设陷阱。
怎样握住一把刀。怎样将一只苹果切成两半。
我拿其中一半,
你将安放另一半,仅仅一次弹跳就可致命。
这样它们就不会统统吞掉你种下的,你说,
它们太天真太好心,不会懂
你在哪里,给谁设下陷阱。
它一直藏在我的头盖骨里,多年后
当我感觉自己终于爱上并且被爱,
它被弹触,杀死了我。
读一年级时,你姐姐教给我花的名字字母的形状,
复杂费解的概念,比如,**技术,历史,上帝**。
那时候人们正在附近盖一座屠宰场。
只需破纪录的三十六秒
一头牛就能被机器杀死,吊挂,剥皮,锯成大肉块。
母亲,我不懂自己最近怎么了。
我早早入睡,可等我睡着,我仍在走,没完没了地走,
我不知道去哪里要见谁,可我坚持,走啊走,

直到被早晨蚊子的嗡响吵醒,我懂了,
我必须杀了它们,杀了它们每一只。

反气旋

气象学家们不会告诉你
大雪已覆盖丛林。
但炉中的火焰记得;
当山毛榉仍矗立
我曾拥抱它的树皮。

被锯断,劈开,堆放成垛,
你尝试最后一次将我拽入
你双腿间那涌出一滴泪的伤口。
你模糊地感知到我不反对这砍伐。

一只手循着拨火棍伸入火炉,
火认识这弯钩,
它不会在焰苗上留下痕迹。
你和我:每一次碰触永远停留在手掌间。

用好几年,我终于烧毁了你。
但今天,雪在屋子中央落下。

没有人,甚至那些
在气旋图前尴尬微笑的男士们

也不能告诉你,在最严酷的隆冬
我们仍旧用我们的灼伤碰触彼此。

瘿瘤

离子无声的爆发。信号中悬浮的能量。
反引力。骨肿胀中磁力的舞。

瘿瘤。

只有当肉体刺入黑暗裸眼才可以分辨,
当无助的肉体被暗影遮蔽,完全顺服,
像病人屈就技师冷漠的手,
当他们关上身后 X 光室的门。
他们让他独自和机器呆在一起,
合成橡胶在他胸部伸缩自如。
辐射。有可能致命。

瘿瘤。

离太阳的色球层一亿里远
大量白热气体毫无来由地升腾
在虚空的外缘蚀刻不可思议的影像,
之后分离并极速跃入外太空。
炙热。几乎不可感知。

日珥。
瘿瘤。

以在记忆和肉体中穿越的
光波的字长
记录伤口,愈合
这个世界的残损拥有的命名。

沙洲[①]

昨夜,庭院中的橡树将我唤醒。
屋外,从树冠中,我又一次听见
我里面的世界沙沙作响。

这是一次视角的神奇倒转,
如同我突然绷紧锈迹斑斑的物镜。
那长久隐匿在景深无法被辨认的
涌到表面。成为表面。

清晨,我打开门,
沉陷进齐踝深的暗沉落叶。
我轻轻拨开它们,脚步从两扇门之间掠过。
穿过第一扇门进入一个存在着的世界,
穿过同一张第二扇门进入并未存在的世界。

---

① 沙洲,德国柏林一条临湖的老街。

在面包和盐之间

我看见你。在厨房
你仿佛站立在一颗巨大的眼泪里。
你剥去死皮,在木板上平放洋葱,
切丝,剁碎,轻盈地将它们滑入油液。

屋外,雨的击鼓声已停歇,正如秘鲁特鲁希略那一夜。
洪流卷走半座海滨墓园。
当水流回退,棺椁次第伸出淤泥如同裂断的树干。
死者们终于能够直直地,平静地打量天空。

无论我怎样尽力弯曲关节,
拉紧肌肉,起跳,从我自己跃出:
大地比我自己更有力地攫住我,
我裹紧一条红羊绒围巾,
正握一把刻着"维也纳制造"的厨刀。

我看见你。
方才,你在白围裙上擦拭它宽大的刀刃。
将它放到桌面。转身走开。

无论正发生什么:

整个世界,某一天,没有一把刀不应该被放下。
世界是一只洋葱。
深深地遗憾着,你刺进柔弱,不匀称的球体,
在面包和盐之间剥下表皮。

你塞得满满的嘴在给现实剥皮:
咽下你所有的词语直到尽头,保持双手空空,
在净距离内站立,站立着站立,
重复一个不存在的中心的名字,
重复虚空残剩的
名字。不需要做更多。

以垂直的方式

永远是迷途,我们挖掘隧道挖掘自己的道路。
彼此擦身而过,左右接替,
每一个与自我隔绝,以垂直的方式。
沉默地,烦腻地,似乎
我们在下方一次次听到的,
冲刷殆尽我们的言语和思维,
鼹鼠一般,无助地,我们被清除
到下水道更深处。

有人希望
某天,某夜,他们能掘入底部
找到他们返回地表的道路,
而任何一名渎职的
下水道安全员都知道,
人类的灵魂与污水
遵从同样的规则分支散布。

那架照相机,沿我们的公寓楼前方的竖井
沉降
在凋亡的下水道风景中畅游,
在竖井尽头触到分身为二的新竖井的

弯道，
和下一个尽头的两条新弯道，
如是持续，进入无限距迷宫。
安全员并未留意。
照相机沉降得从来不够深，
它们应已永远地陷在了竖井里。

零度万有引力

还是个小孩的时候我读到

星星死去有两种方式。

按第一种方式星星开始

冷却。好几百万年之后

它慢慢耗尽它的热和光。

所有具有生命力潜能的元素衰萎,

直到它终于变成

无限的寒冷,一颗死去的巨大天星的视地平。

按第二种方式星星开始

收缩。好几百万年之后

每一粒原子,每一束光,

每一种欲望,思维,希望都被

压入一个不存在的中心。

当星星和它整个的大气层

被压缩成一只网球

整个过程才结束。

所有一切成了一个中心,

无穷的质量和引力。

还是个小孩的时候我读到

星星死去有两种方式。

当一个孩子消失

每一次出生不过只是重复
这两种死亡中的一种:
文明的崛起,诗歌的起源。
我出生了两次而我的父亲
有两次对我失去希望。
你瞪眼瞧着书本太久,
他说,这对你的健康很不好。
如果你总算能学会怎么样正确地拿好球拍
把球击过球网,
你会要开心得多。

阿西西国际露营地

被车流截断的夜色
如同被箱车前禁食的吉普赛人一家切割的压缩香肠,
这是阿西西国际露营地,
肉肠的切块越来越厚。
既不是乔托,马蒂尼,也不是圣方济各,
是香肠,坚定了你对上帝的信念,
我们的邻人说着,咧嘴大笑,一口口满塞香肠肉。

夜更深了,我还能听见他绕着帐篷漫步,
我在感觉你睡着的手掌上的两道伤口,
它们含着忧愁,纠葛在关于一种不一样的生活的争辩中。
无人知晓那会是什么生活,更不知方济会修士的头巾
为何次日在圣坛前哭出它的沉默。
就好像在一座超市,我们的邻人说,
他在从基督会堂涌向地下墓穴的人群里感到陶醉。
既不是乔托,马蒂尼,也不是圣方济各。

我们踏入空旷,天空在暴风雨来临前飒飒作响。
我四下寻找只看见两只红鸽子在我们头顶飞动。
这纯粹的沉默,
它一定一直都在这里呼吸着,
那种不一样的生活。

《事物之书》(2005)

蛋

当你在平底锅一侧杀死它,你不会注意到,
死后,鸡蛋长出一只眼。

它太小,满足不了
早餐时哪怕最节制的胃口。

可它已在看,已盯住你的世界。
它的视野里有什么,从没有表情的视角?

它见证时间吗,冷淡地穿过空间的时间?
眼球,眼球,裂开的蛋壳,浑沌还是秩序?

时辰这么早,对一只小眼睛来说大大的问题。
而你——你真想要一个答案?

当你坐下,眼对眼,从桌旁,
取一块面包皮你迅速就让它什么也看不见。

石头

石头固守了什么,谁也听不见。
无关紧要,那只是它的,像痛,
被鞋的皮革和鞋带挟紧。

当你滑落它,光秃的窄巷里空留树叶的回旋。
曾经存在过的,再不会出现,
成堆已朽坏的其他姿态。
附近诊所的气味。不做声,你继续。

你固守的,无人听得见。
你,你唯一的石头居民。
你刚扔弃它。

刮擦器

你记得你的母亲,伊俄卡斯忒,
从猪舍返身的样子,她的手掌豁开裂口。

在疼痛的疯狂中一扇窗打开。
她跨出来她从她的身体跨出来。

你记得你惊惶失色的父亲更换包扎的样子,
侧漏,绷带的边缘慢慢渗出红。

这一回刮擦器的低低私语是你的了。世界正一丝一丝被
　　擦去。
楔形的苹果块正越变越细,但那里有谁是为了谁?

你仅仅只是你掌中的苹果的一只工具吗?
无声地,它刮擦你,一个成熟的佛徒,波兰爱达红苹果的
　　轮回。

当它使你化成乌有,你睁开眼,像那个时刻的
母亲,从伤口另一端你睁开眼。

猫

他保管着谁的石子,他的毛发里保管着谁的微风?
假笑的狮身人面像,阉割过的披皮毛的异装癖。
抬起尾巴,他仍顺着一片被诅咒的天空侧缘蹑行。
一个谨小慎微地维护这世界的怀疑论者,用遐想。

他避开坏天气,来历不明的裤腿,大小政党的全体成员。
他宁愿像挨了一枪的暴徒趴卧在楼梯间,
在午后阳光的大教堂里,靠近尖声尖气的天使,
要么在时空的圆环之间收缩蜷曲进一个酥松的营围。

他只让自己被抚摸两次。
相比爱,他知道人们拥有更多狗。
闭上眼,他穿过你心中的嘶嗥坠落。
睁开眼,砂金像从龟裂的双耳细颈瓶里喷出,

它们隐伏的深度,潜水员用最悠长的一次换气也不能抵达。

巧克力

他死了,为了变成在你面前的一条巧克力。
他希望你也能吞食他死亡的苦楚。

无限地。恐惧与解救融化在你嘴里。
他的甜肚肠,他调制的苦涩弧弯。

他让你给他松绑,把你自己亮在恰当的光线下。
在善良之外。仁爱和宽恕之外。

你们俩无言地触碰,以喑哑赠品的语言。
被你打烂和吞吃的,打烂并食用你。

你的口水,一张空嘴的秘密感觉是他的。
你的手指,在抽屉里搜寻他。但不是相反。

你必须保持饥饿,这样神才能照旧给予。
而你的神曾给予过的,他不断取走。

蚂蚁

它顽强地紧贴物体不放。
物体不断缓慢变位,它随它们一起移动,
像无形在有形的世界穿行。

一枚叶片上的茸毛。麦粒上的甲虫肢体。踪迹留下的踪迹。
就这样浮现,你称为家的所在。
隧洞的安全和不堪忍受的巨大之间的边界。

它从远处返回,通常沿同一条路线。
它不携带任何讯息。没有预言。
一个不断变得复杂的从句结尾的句号。

它之所是,并没有名字。
当它消失进它的迷宫,只剩余希望,
希望至少会有几个名字,称呼它所不是。

伞

下午时分他从角落的寂静里升腾。
圣塞巴斯蒂安模样宽容地微笑。

每当他环握住你的手掌,世界开始在它自己上方旋转。
朝向外他解开那套过于紧身的燕尾服。

你踏进他里面就像掉进一个童年时的巢穴。
你在射穿他脊肋的箭簇之间躲闪。

殷蔽的阴影吞咽雨云。
仿佛地面滴漏出石头,他的皮肤上洒落毛毛雨。

箭会呻吟如果碰到肩并肩行进的另一根箭的眉毛。
那时疼痛是甜蜜的。那么做一名烈士也很性感。

他情愿承受痛苦,这样你就不必坠入天空。
汽车驶过时他沉湎在你施加的挤压里。

你停下脚步聆听他肋骨之间沉钝的隆隆声。
像一百名恋童癖者梗死发作前心室在搏动。

尽管这声音冰凉。冰凉而憋闷。
并没有心脏。没有内脏器官。

就像置身在无之中无任何朝向身体的延伸。
就像刀横切风的外表的里层。

有时候他会借你的嘴发出他自己庸医般的嗓音。
于是你不断张开嘴像鱼,但涌出的不是祈祷。

咕咕哝哝。结结巴巴。含含糊糊。
活似有人在你脑袋里在他胸腔里在你掌中溺水。

最后他爆发出笑声。
在哪一种末日,在谁的末日?

天空从水洼里黑沉沉地盯视你。
你会去到那里,从那里天堂湿漉漉地爬上你的裤腿。

烘手机

当你不以你自己的名义说话那么是谁在说话?
当你不打算假装是在以另一个人的名义说话,
却出现一个好似降神会上鬼魂的声音?
只说呼呼哗哗啊哈啊哈哦哼唉?

声音响起,仿佛风想通过你发言。
仿佛布拉风在说话,科莎瓦,帕萨特,冰冷的西伯利亚
  来风。
它响起,声音清晰但无迹无形。
并没起风。它们的折返不会改变什么。

要么确实,从一个中间地带来,活人与死人擦肩而过的
  地方。
水滴,你洒到风的眉上,从你的手掌蒸发。
你再次摁下塑料箱上的银色按钮。
他接着轰鸣,这一回为温暖你冷冷的手指。

只是哗哗吼吼啊哈啊哈哦哼唉。因为它们没有新鲜花样。
加油站的洗手间还跟从前一模一样。
你,同样,也没变。只是有什么拂过你手掌。
你不会叫他站住脚,但对你,有时他做得到。他有你的生命

线。你十指的交握。

他没名字,当你不以你的名义说话时他发声。
没有家。他一无所有。
无名无姓没身体,总在旅途中。
他的道路也可以是你的道路,但你的道路从不属于他。

胃

胃的办事员说了什么?
说昨天过街时他给瞧见了。
说在饭馆他没给牙签付酬薪。
说他飞得太高了,迟早有什么事会临头。

小牛扒和两瓶特朗红酒说了什么?
说光线突然没了影儿。
说觉得一切越来越紧巴巴和密实,尽管你还没动身离开。
说当你向下跌得那么低这事儿叫你难过。

那条大腿,那跟在牛头后面啃青草的,说了什么?
说每一小口都让他的总价值上涨。
说他会同时进入十五位婚礼来宾和两条狗的灵魂。
说只要青草够分量地平线上有道路就不会觉得冷。

那么这咕噜噜,这流口水的吞吞吐吐悄悄对你说了什么?
说只要肉和土豆够分量就不会觉得冷。
说当你跌得太低这事儿叫你伤心。
说所有会飞的活物迟早都会掉下来。

刀

它们悬在那儿刚被磨过。
在微弱的光线中。光。

肉店隶属一家大型家族企业。
两百万屠夫和顾客。

顾客和屠夫。你很难区分他们。
因为某些人是其他人。而其他人又是另一部分其他人。

买家穿上溅满血渍的围裙。
屠夫打开钱包购买一条还在颤搐的带肩前腿肉。

这些刀冷冷看着你,眼闭着。
它们记得它们曾去过哪里,调停过什么。

如果你伸手抓取,会感到刀把在隐隐战栗。
黄昏时刀刃将死亡反射进它们曾刺入的部位。

可骨头在哪里?那些名字在哪里?
看吧,看,它们也卡在你的喉咙里。

当你张嘴说话,你也在用那些被谋杀者的沉默说话。
它们卡在你的十二指肠里。

当你需要离开,你排泄出你出生前被屠宰掉的。
它们散布在你浅浅的胸壁。

当你在紧急事况完毕后匆忙动身,
并不是易拉罐和断落的树枝在你脚下爆裂。

它们在哪?它们在哪?它们在哪里?
人人了解它们。没人记得住。

海马

液态光的生物,水底暗流中的漂泊者,
肚皮舞的学生,忠诚于喜怒无常的大洋的新娘。

用他们最后的呼息,被遗忘的腓尼基众神
膨胀起空漏壶似的透亮身躯。

尾部顽皮地缠卷住渔网的网眼,
纤小的翼颤振,为溺亡者不安宁的梦里的永恒之枕写生。

它们是信心的王子。当雌性在雄性体内产卵
让雄性孕育并生殖,他们是繁衍的社会民主主义典范。

脆弱到不可能有罪,但醒目到
足够让蓝贻贝嫉妒的独眼想到爱和美。

在人群的阴影中,海马的身体逐渐干硬,
从半透明到暗浊,变得粗糙和痴钝。

用两根手指你碾碎它们,爱和美,
碎成不再是美的和(你不记得何时)停止去爱的。

牙签

微不足道的一丁点儿还没消化的肉迷了路
它在召唤一次反抗。

一反常态的身体陷入叛乱。它从你嘴里发出信号。
尽管你不讲话。

尽管你不允许任何人
以你的名义讲话。

可它在没完没了大声喊叫,
煽动一场起义,施加压力。

你尝试用舌头除掉它,
但没有言辞可以压制它的反抗。

波吕斐摩斯口中一个小小的罗伯斯庇尔。
只是没一丝诡秘的运气,没有站在他那一边的众神和众民。

你从你的良心里把他取出来,磨碎正在折磨你的。
革命被平定。

虽说最后一棵椴树①倒下。

你摊伸在她的树桩上，杵断一根尖刺，打饱嗝。

牙签从你嘴里伸出像一名百夫长的矛，

它已将王国净化。

牙齿里的黑洞窃窃私语：

有一天这王国也会从它自己里边坍塌。

---

① 椴树，斯洛文尼亚国树。斯洛文尼亚文化中，"Lipa"（椴树）是美好聚会的象征；历史上古老的椴树下也是重要政治人物的聚会、协商之地。

回形针

你放下手中的纸觉得困惑。
你这时才注意到一枚回形针铁锈色的压痕。
一条向内的道路盘旋着的路牌。

如同一根看不见的线她将世界的残屑聚拢。
她温暖过你,用她卷裹自己的方式。像一个胎儿。
像一只蜗牛。像集体墓穴里的一具躯体。

她的本意不是要为这世界增添或从中取走什么。
不是个创造者,这小小的回形针。她只是接触发生的一个
　　理由。
有人取走她。谁,为什么——你不知道。

也不知有多少张纸片丢失了。
用一根手指重温那个印痕你继续开始阅读。
在你打开一个空间中的一个空间中的空间之前。

这首诗没有完结。

墙

没有一天过得去,只要你不想起
你和世界之间那面被安放的墙。
挡住了你的远景。放逐了你。

没有一个早上过得去,如果你不发誓
今天你就拆掉这面墙,没有一个夜晚过得去,
如果你不是支离破碎地归来。你的反抗毫无意义。

没有任何人能准予你对立面的安全。
墙砖独自移换,轻柔如同时间。
它们容你穿过,在手掌触到它们之前。

纵使没有另一面,纵使不存在另一个地方。
你从不抵达,也从没有盘桓的理由。
你的存在里没有墙,所有这一切原本可在那里结束。

而你的墙是*无名之地从来无人*。

蜡烛

某个生命死去,不在白天也不在黑夜。
并无生命在场。不在此处不在彼处。
煤气炉上一簇扑闪的小火苗。

无关紧要。不燃烧不曾熄弱,
那被你用手掌所隐护的。
它不发问,不作答。

它不在善的一面。它不在恶的一边。
它不了解谎言,真相,意义或无意义。
它不是未来也不是过去。

它是但同时不是。既非它所是也非不曾是你。
它不因凭它自身或其他而存在。
不是空气不是火。并非光也非焰。

不是深渊不是希望。不是"是"也非"不是"。
当某个生命死去,他仍未死。
他沿他内部的烛芯向下爬。

你伸向他身后,熄灭他。

《身体之书》(2010)

必不可少的行李

我们村里的孩子们

我们村里的孩子们,害怕一个从来不说话的男人。他总是垂头弓腰,偶尔不做声地咧嘴笑笑。好多次,有孩子偷偷朝他扔石块;他一瘸一拐慢腾腾朝我们走过来的时候,我们会跨到马路对面。他活着的时候已经死了,悄没声息,孤零零。直到今天,他仍旧是村子里唯一一个我不知道他的名字的居民。

彼得大帝人类学民族学博物馆"艺术房间"里的双头狼,巴黎国立自然历史博物馆里的连体婴儿丽塔和克里斯蒂娜·帕罗蒂,查里特柏林医药历史博物馆里成双成对的胎儿。畸胎学并不能解释,这些生命是逐渐生长到了一起,还是从始至终就不曾分离的一个单独的生命。造物主为他们准备了什么本来将要展开的计划?那些数个世纪里未曾出生的,还没有可能死去。神秘的,不是死,而是出生。

几年前我去过一趟维也纳普拉特冒险游乐园的镜子迷宫。镜子里看上去像一艘软式飞艇的我在另一面镜子里不断拉伸,直到触到镜中的天花板;而第三面镜子里,我的头在胀大,仿佛被充足了气,我们被逗乐了。找出口的路上,我斜倚在一面镜子上。我们的身体长到了一起。有可能它们从前从未分开过,而镜子呆在那里,不过为了隐瞒时间的维度。

道路延伸着穿过我们曾住过的英式联排住宅。有一年半的时间,我从未见过任何人从隔壁那栋屋子进出。可偶尔,在雨后或者晴朗的早晨,一名男子的尖叫声会突然穿破一堵薄墙,叫声那样绝望,冰冷刺进我的骨头。

指甲是最大的秘密。我一遍又一遍修剪它,可它总执拗地逃出我的皮肤。好像它害怕这身体。它暗示,我也怕我的身体,怀疑那些缄默的器官会逃匿。后来我读到,1955 年在丹麦,在解剖一个男孩子的大脑时,人们在其中发现了 21 个胚胎的残骸。那些是他未出生的兄弟姐妹。

神秘,是出生。

你私人的启示录

你私人的启示录在盛开的黄水仙丛中，在一本书里，在航空优惠券中。一只口袋，盛着外币。在你内部，一条你叫作记忆的暗黑隧道。去年的今天落雪了，你说。我们居住在太阳的混沌中。离开也就是翻开新的一页。周日，在爱尔兰东科克。可是听不到关于无条件的爱的布道，海水只是模糊地低语，弯成拱弧的洋面穿过最后的地平线。又一轮试图潜到花萼里颓唐的尝试，夜袒露它自己。

在圣奥尔本斯市和救赎之间，只需添加共计十四个秘密的站台。它们之间不存在距离，只隔着一个法文词，journée，日子的旅程。我能够，如果我不曾在那里，如果不再有更多的距离，如果空间不存在这一可能性并不因凭字母的信念奔流着穿过我，我能够，如果我可以在此踏上那条已被遗忘，已被错过的道路；如果在这个细胞，这个字母，在羊皮纸手稿结束的地方，存在着，这里。我的生命越过它的边缘崩坠，威廉·帕里斯发出惊呼。此地，彼处，一幅尺寸过小的古世界地图尽头一叠被装订的褶皱。一片天使羽毛的领地，一个从死亡中啃嚼出的矩形。

耶稣受难日那天我们去了圣百利超市。之后我们吃下真空包装的鸡内脏郁结的沉寂。散步时，你试图找回从某些特殊角度才能保持的记忆。我退缩进怀疑的冷语，但终于让步，将头依偎在潮湿的英格兰泥土上。在一间宿舍里，我们笨拙地扯下对方的衣服。你的指甲凿进我的大腿，我抱着你，我们像两只牛犊一般交换唾液。

一篇关于同卵双生的文章。先出生的哥哥沉迷于在复活节的鸵鸟蛋上描画自画像。年纪小的弟弟在一次伏都教仪式上将"钉子"这个词写进火里；耶稣即刻被钉上了十字架。惊恐万分的小弟弟耶稣起飞升到空中。第一名宇航员，很快他的忠犬莱伊卡将跟上他。

我否认这种感觉，因为就算它一次接一次扑簌地燃起，也依旧什么也不曾改变。我感觉，我的身体在你身体里终结的那个地方，那里并没有尽头。这不是宗教，这只是一种微小的，甜蜜的慰藉，当你在我的双臂里入睡；总会有同一阵风，飒飒地穿过格兰切斯特年青的白桦树，弯曲的毛茛属植物与四月的露珠一齐绽放，积云，积云和你，一同在一张被忘却的，已褪色的照片中微笑。

天使们究竟为谁演奏?

天使们究竟为谁演奏?他们相当地存疑,对于那些圣人们的自我扩张,那些埋首于他们通向上帝的小道,在自己的过失和惩罚中沉浸的,至高无上的自体享乐者和裸露症患者们。只有那位守护鲁特琴颤抖的琴弦和小提琴弹拨音的圣徒,才可以接近主;在成功地遭受痛苦的折磨之后,他现在已能够保护音乐和缪斯们。他几乎像威尼斯学院美术馆里贝利尼的《先生》那样赤裸。

声音和躯体并没有差别。以此方式海顿在欧洲女王酒店吹响萨克斯管。沿着乐器的金色曲线,一种奇异从他的口中涌出,它从远处咬破皮肤和器官,又从骨头里绽开。它涌现,并不刺穿任何事物,只将空气转化成迷醉,舌簧,嗓音,就像在重新定位它自己,向它自己许下誓约。琴键。舌簧。眼睑。嗓音。琴键。口。嗓音。

街道那么狭窄,两个人要是迎头撞上,他们必须呼出气才能贴身而过。只有气息和声音牵制这一切。游荡到筋疲力尽,我们第三次来到同一座钟楼。一道没有出口的摺叠。一个女人的嗓音穿透了砖墙,灰泥并不因之晃动。一支孤单的旋律。随后是一缕简洁的琴弦弹拨音,无人醒来。

宇宙所振荡的频率。现在被最低音捕捉到了。稍稍提高功放的音量，音箱的薄膜开始像决堤，行将胀裂，就像跳水时我右中部的耳膜的内压。这声音召唤我潜得更深。那里，在底部，躺着一只黑盒子，也许是一只旧晶体管，一个什么也放射不出来的黑洞，一条通道，每一支旋律，哪怕天使的旋律，从这通道消失。

那是最骇人的时刻，当时我三岁，第一次听到了自己的嗓音的录音。我堵上耳朵，惊声尖叫仆然倒地。就像被从当中剖开的一件物品，内脏朝着整个世界外翻出来。而那一整个世界，却莫名其妙是死的，溜进了我的里面。哭号或者堵住耳朵阻止不了这种翻转中的暴力。我仍然听得见我身体里它的回声。琴键。口。嗓音。

这铭文："你乃我们从前所是"

这铭文："你乃我们从前所是"，在罗马威尼托大道嘉布遣会圣母无玷始胎堂地下墓室的入口上方——你，将成为我们所是。尾椎骨做的枝形吊灯，颅骨砌的拱门，胸骨和桡骨拼贴的墙饰，骨盆修造的通道。马克·吐温曾因为圣方济会托钵僧的诗思意识胆寒，后者将他们死去的兄弟们的骨头拆分开来。没有任何其他艺术如他们所实践的，将无常如此具体化；他们表达的是，我们只是必有一死的时段的不同机制。有一天，一位钟表匠技术娴熟的双手会将我们拆解，无可扭转地驱走此刻，创造一种安全，可靠的时间：它曾经，也将会，永恒，不存在任何易碎的此刻。字母是骨头吗？与那从正在枯灭的过往涌来的最新奇的事物一道，这首诗里，一切都会发生。

它们在那里，被类分成它们自己的最终动态，仿佛它们刚从幻想中诞生，并不测定过往时间的变化曲线。巴黎植物园天演大博物廊的一个小偏厅里，存放着珍稀和灭绝物种的标本。一只熊猫和狐猴，一只被针别住的蝴蝶，一头袋獾，最后一头华南虎。一些沉默地瞪视着的证物，关于某种曾存在的过往。某种曾存在的：可见的消失这一悖论。

居斯塔夫·莫罗的画室的螺旋梯拒绝走出我的记忆,这个关于诗乃为终结命名的隐喻。在绘着赫拉克勒斯的画布低位,大力神为一群女眷围绕,正阴郁地沉思该如何挥霍他的战利品,并能在一夜之间,满足赛斯庇士王的五十名女儿。台阶上,一双挑逗情欲的躯体正试图咬出对方嘴里的舌头。而上方,一座没有教堂的圣餐台,一个由三部分组合为一的结构再次出现。顶端,亚当和夏娃,在召唤蛇。中央的局部,俄尔甫斯,召唤着歌咏所携来的虚脱。底部,勉力劳作的同时,该隐正细细思忖,他谋杀了亚伯。

自从无辜者墓园被迁出巴黎市中心,两百多年已流逝而去。它的土地,富含蠕虫,被认为质地居于一流。一具新鲜的尸身只需九天便被消蚀。之后,尸骨被从土壤中移出,人们将在同一个方位挖好一个新的墓穴。多年以来,来自此地和巴黎其他墓地的尸身骨骸在夜里由推车运送,进入地下墓室。如果一只颅骨从摇晃的推车坠落,将会是一件唤来欣快的乐事。黎明时分找到它的孩子最终将获得一样适于用来测量他自己的生命的玩具。

经由口语,附着于诗的名字正在越来越快地枯涸。这个悖论早已为行吟诗人们知晓,后来被但丁复述。一个心爱的人的身体一天一天更远地消失进句法那令人惊异的骨架:"quell sieu bels cors baisan, rizen descobra e quell remir contral lum de la lampa" ——"用一个微笑掘出她美好的身躯,在灯光下亲吻和观察它。"你是谁,阿伊娜和艾纳,从我失去的视力里端详我,在这首诗里用黑暗十字路口的一只灯笼温暖我的手掌?别告诉任何人,我爱你,我授命你从我的消逝的深处发声。

我醒来失去了右手

我醒来失去了右手。脑袋下有一只古怪的手。当我用左手举起它,它悬垂着晃一晃。两只手,我有一只活着的,死去的那只拥有我。血液将终点顺着血管推送,浸溢身体。归属的边界模糊了,但很短暂。仿佛血液循环系统是一种古老的,未被破译的语言。谁看护它的密码?这只手缓慢地挤压我,一根手指接着一根手指,我被挤握成一只拳头。

成千个印痕当中右边的天使,字母中唯一的形体。第一次,售货员两次将它的双翅盖印在有关授权在危机地带不宣而战发动军事干涉的条款上;第三次,他把它们盖印到他的一只手掌上。我付款时,他用旧报纸包裹印章,可我怎样才能从他的手掌里取出天使?印章上,天使的喇叭一抹微淡的靛蓝宣示了我在此地的边际线。每一样曾经占据过我的事物都在这个边界上颠簸,坠进一个裂口。我的生命在等待一个闪闪发光的正午,当骨头触底,我像一种未知的字母表中的字母悉数爆破。

我们的身体只是某种初始的裂隙的暧昧隐喻。但最初的分裂势必从某处发生。如果我能不用视力去看,不用判断力而感知,越出透明的皮肤下的血肉,不带意图地去思想——我能逾越发出指称的语言和一个从不发言的名字之间存在的神秘黏合的疏漏吗？不知从何处，一片阴影慢慢移入这首诗。它绝不是被投射的。但这支行刑队，这猝发的沉默和一次射击，是从哪里，为了什么？哪怕它什么都不说。

左边的天使。我在它的脸庞下沉睡了一个月后才瞥见它。工作室里，建筑师保留了修道院曾经拥有的屋梁，革命到来时那里发生过处决。死者的幽灵一直在走廊游动着。我醒过来，睡意惺忪。环视自己的梦的废墟，从那里我被拖走。一个幽灵领着我去看一根旧屋梁上一双有着彩叶的颜色的印渍，举着喇叭的天使的影子。那些裂缝宣告时间是对被裹尸布包覆的一切的识别。时间，不得不一再发生的时间，将来完成时的缺席的分词。

第五个孕周，胚胎足足有四毫米了。胎盘看上去像一只极小的气泡。在它里面，有一粒谷物的影子。我尝试想象细胞分裂的情形，器官、眼、两只胳膊、手指从生殖细胞开始发育的不同阶段和生长。在第五周，所有这些只有最低限度的可能性，一项规划被铭写进胚胎。一种裸露的，仍不具刻度的时间性。但心脏已经形成，已开始跳动。至此，想象力结束。什么指令选择了一对细胞开始有规律地跳动？在这些被我所使用的语言称作可以忽略不计的质点之中，隐藏着哪些可能性？难道每一个区别记号，每一颗尘粒，每一倏忽间湮灭的一闪之念，不都是一枚胚胎的心脏吗？而这对诗，这讯息的容养者，意味了什么？

她的生命

她的生命：自从七年前她的健康瓦解，她已成为一个医学现象。她的生命：专家们在国际会议上炫示的一桩个案。她与身体里一截十二厘米长的大肠共处。她吃啊吃，可她的身体就像暴食暴饮的历史一般行事，一切都如不可上诉的冷漠滑落。她的生命：一种隆隆腹鸣的饥饿如同石块在她的身体内滑动。

照片上她体重有三十六公斤。她头晕眼花，尽管她刚刚吃下三块核桃卷心糕。缓缓吸进香烟的雾气的时候她最觉得满足。她的皮肤越来越像蜕下的蛇皮。一位没有笼子的饥饿艺术家，仍然坚信饥饿比一吨还要重，使她显得美丽。她的生命：清除在她身体之前发生的，和此后她的身体所做到的这二者间存在的差异。她的生命：排除举起一把汤汁淋漓的汤勺和发动一次抗议之间的差异。她的生命：忍饥挨饿的时间。

一只手提行李箱掀开黑色橡胶帘幕，沉入一张洞开的黑嘴一般消失进一台 X 射线成像仪。它再次出现时已在另一端。不大一会儿，一帧帧如同在负片上显影的内部影像呈现，荧幕上是一些私密物品的荟萃，其中一张片子上她体重只有三十一千克。存在一到两个片刻，当她的生命被照亮。

我试着阅读。词语很快跟字母们混在一起,词语开始失踪。拉康(Lacan)成了 La□en(腹中空空如也);黑格尔(Hegel),Heil(胜利万岁);柏拉图(Plato)成为贝东(Beton)(具体有形)。甚至在睡着后,痉挛中我一把抓紧书的护封,意识到正是我的握力阻止了一次坠机。

我们在连排屋顶和灿烂的田野之间降落。这里是英格兰,五月。舱门打开。"禁止吸烟"的标牌反射着光线。再过不大一会儿我们要下飞机,她和我,一千公里以外,在我的手提行李箱里。尽管和那张她从中消失了的照片相比她要显得更枯瘦,她依然痉挛地抓紧生命。她的生命:一次诳惑消失的尝试。

我们步行了十七英里

从剑桥到伊利,我们步行了十七英里。剑河蜿蜒着向东流向北部,船只,田野,和一些树。战时修砌的地堡杂草丛生,已经破败。平原。篱笆。你必须弹拨开门闩,跨过能捕获兽蹄的栅条。金属的铿锵声响彻风景线,将它分割成一个此处一个彼处。

这是我必不可少的行李。洛尔迦的诗,《诗人在纽约》。康尼岛上呕吐发作的人群中,一位诗人迷路了。呕吐护卫了人群,使他们免受死者的攻击,当死者们从沼泽中复活,威胁整座城市。活着的人呕吐出死者的名字。语言治愈不了任何人的呕吐,但它阻止了这两个界域的归并。

僵尸和狼人的场景。纳博科夫对鳞翅类昆虫学的迷恋,路易斯·斯蒂文森,奥维德和卡夫卡。这么多有关变形为另一种身体的尝试。这等把握着终极目标的奇观,以至于转化的选址一成不变。变形记如税金一般存续了这风光,蛹化,蝶类的生成,庄周梦见的种种作为。

一首诗也化蛹,但并不清楚茧一般的谜是否会永远保持在一种状态中。在它内部,一则讯息睡着了。时不时地,它迫使我为牙医张大嘴,等待一些词从中鼓翼飞出。一枝铅笔停歇在纸上，只留下笔尖几乎无法辨认的诊断。

从剑桥到伊利，我们已步行了六小时。鞋在向下沉陷。某个片刻，一种强大的力量将我拽向地面，但鞋的握力再一次苏醒。表层之下的地面是举足轻重和不容辩驳的，不过仍存在亡人和活人的差别。一些被丢弃和遗忘的名字，一步一步地，大口吞咽含沙的唾液。一些诗，我曾读过却在记忆里腐朽又在不经意间重新浮现。有时候，它们是明艳的蝴蝶，停在我的爱人裸露的肩膀上，有时候它们是地平线上近乎看不见的形迹。它们正朝向对方航行，靠近。不，那不是船桅，是坟墓，我知道，是坟墓（"son los ce-menterios, lo sé, son los ce-menterios."）。

这只是其中一个入口

这只是其中一个入口。在偷闲得空的片刻和下雨天,黑暗用某种低吟覆盖我。一朵火焰,终结掉那已然开启的,冷却了我的面颊。我只是一种思绪的聚集,纤小翅膀的颤抖,尝试将身体固定在大风卷袭的十字路口的一个闪念。这只是其中一个出口。在这里我折断黑暗的一根枝条,戳了戳蜂巢。

大自然明白,痛苦的颜色是绿。它不懂得安慰这个概念,从干燥的树桩和沥青的裂缝,从沟渠里腐败的树叶和地面的密接中,它迸出芽。沃尔顿·福特的一幅画作上,三只熊冻结在下坠的刹那。被一群农夫追赶,三只熊爬上了树,农夫们在树下升起火堆。三只雄幼崽。第一只叫我做猎人。第二只叫我跌倒。第三只熊呼唤我作兄弟。画布上它们冻结在下坠的中途。画布前垂直落下的是我。

一台非麻醉下的手术中,咬棍被推送进病人的牙齿之间。今夜我写作,为了擦除明晚发生的一切,直到我感到疼痛。我的牙齿开始松动了。那根棍为什么会安卧着?脱落的字母都去了哪里?并且,无论怎样,你又是谁?

在一份不幸遗失的关于 1829 年一次西伯利亚探险之旅

的报告笔记中，亚历山大·冯·洪堡讲述了图达拉部落。很明显，这些野蛮人发明了一种与东西伯利亚棕熊共处的方式，否则他们将饱尝棕熊的敌意。他们和熊，两者都是食物采集者，独来独往，极度难以接近。图达拉人不懂得运用语言，通过一种费解的，不具明显结构或连贯性的符号编码，基本的交流得到建立。他们那令人无法理解的思维，至少在洪堡的观点里（Undenken，不当之思，洪堡标记道），仅仅只在与棕熊独有的对话中才获得逻辑和意义的轮廓。他们回应棕熊偶尔爆发的嘶吼的方式，是一种别具特点的闷声吟唱，这比任何其他声音更能让人想起野蜂嗡鸣出入的蜂巢。

总有各种可能将现实解释成把痛苦从字词里驱赶出去的驱魔师。被发明的种种意义逐渐变硬，长茧的皮肤，一无应答，但这也只是发生在表面。哦，只管抽打它们，折断它们，把它们绑到拷问台上，用单独囚禁滚碾它们。一切都不过是欺瞒。向一个革命者的神殿开枪射击，或将生锈的钉子钉入烈士的手掌，都无济于事。如同浮游生物，它们必须被一种戏法隐蔽，被逾越想象力的能量去理解，被惊恐忍受。已经发生的还将一再发生，但那将仿若一面破碎的镜子里的一切。在那里，一块岩石纹丝不动地躺着有 36 年了。而这已足够令一具新的身体从绿的渍迹里生长出来。

腐烂木料的气味

腐烂木料的气味，一些解释视线内的景致的小小符码。这些句子念做 toredo navalis，船蛆，一些能在海水中咬透它们寄居的木头的蠕虫。但这一海域盐分很少，因此句子在溺水者的耳内更轻地发出回音。

我阅读，但这不是一种解释。字词在空间中定位自己如同一条船的修造；动词从船首和船尾逸出，还没有螺旋桨，但成打雕饰在炮筒上方的狮首已装设妥当，首航时它会再次沉淹，与 382 年前发生的海难一模一样。水，就是你所生息的，我们所生息的，我们将成为水，分散进入木料细小的孔洞中，弥漫进生命。一些生命。我阅读，但这不是一种解释：瑞典战舰瓦萨号遇难者的骨骸无一能根据人名得到辨认。根据它们被发现的时间顺序，人们为被拖运到水面的骨架残骸做上标记；标记的解读方式依据一套瑞典无线电通信电码。匿名的男性死者 A 的骨架被称作亚当（Adam），匿名的女性死者 B 的骨架被称作贝亚特（Beata）。

两千多年前，播种在泥土中的牙齿一直在悬崖顶部生长。似乎，仅仅根据它们在船体形状中的落点的集结，59 个人的 59 枚牙齿就已被转化成一种群落。我在诉说着那些比云更轻的多巨岩古地块的破碎名字当中挪步。这裸呈着船形巨石的地方,阿莱士·施蒂纳。我的启程是我的衣冠冢。

在哥德堡自然历史博物馆最僻静的一个偏厅,陈列着世界上唯一一头蓝鲸填充标本。侧旁,展出的是它的骨架。在久远的日子里,蓝鲸的腹内有一间咖啡馆。它永久地关闭了,自从一对赤身裸体的情侣被人发现呆在这生物的内脏里。

附言:在这首诗中的博物馆的墙面上,仍然可见孔洞的痕迹。有了这些石墙上的孔洞,才可能在倒数第二个诗行出现一朵有着鲸的形状的云,并在最后的诗行,留下天空中航行的一艘船的印记。

没什么惹人注目的

没什么惹人注目的。女人跟跄走到右侧,斜靠在银行紧锁的大门上(这是个礼拜天);她盯住前方,仿佛看见披着修士道袍的皮埃尔·亚伯拉德手中握着一根巨大的金色阳具奔向巴士底狱。

没什么新鲜的。他睡在"劳动之家"(Maison du Travail)门前的 104 张床垫中的一张上面,梦到索马里的沙子,沙粒在他身上越积越高。一处文内引用。这是周一正午。并不清楚他需要多少年才能再次挖掘他在清晨短暂地移居入睡眠的途中所埋葬的。

没什么真实的。人群的河流,每一个都在用力拖拽着他们的故事如同拖拽手提箱里一条霉变的面包。巴黎东站前鹅卵石上嘎嘎作响的车轮。就是从这里,思绪曾每个礼拜三动身,赶那趟开往海参崴的火车。通古斯的儿子,可能是个蒙古人,他躺在那个团团裹住广告柱的麻袋里,能听见大地在发抖吗?他听见了巴黎之腹吗?那咕咕噜噜,啊,隆隆轰轰的,狂暴,桀骜的野兽?

没什么叫人开心的,因为天色开始转暗。一支没有马车夫驾驭的马队踏进战神广场后停了下来。第一个,查尔斯钻出车厢；接着，波德莱尔，他环顾着打量每个在场的人的嘴。有意思，有意思。之后他目视马匹发出嘶鸣的嘴，有意思，有意思，他诊断出输卵管炎症，一个因失去了世界的中心和长棍面包的骨折患上梅毒的国度。

诊断结果让病人们陷入深沉的悲伤。寓言不起作用，作为文体泛型的亚历山大体被截肢。如果我们是在巴黎市政厅广场，我们会把几只活猫扔上烧烤架，找一点儿民意的宽慰。在这儿，马应该对马感到满意，贵妇的小香阁里微生物放浪形骸。

没什么中规中矩的。也许那是七月十四号，也许每一个七月都是十四号，日本饭馆的日历上可能有十四个七月，那儿所有的七双倍地躺在十四张桌子对面。在某个发光的白色的第十四天正午，它们的眼珠向回翻转，它们躺着等待穿三色旗的医生来一根一根对齐它们的骨头，每一个的所有十四根骨头。至少还需要对齐同样数目的桌子。

照样，当我转过街角

照样，当我转过斯洛文街和舒比切瓦街的街角，他站在那里，跟数年前我最后一次看到他时一样。他拥抱我向我告别，更长久地拥紧我；他还是照样站在那里拥紧我，在一种愈来愈仅仅只属于我自己的时间里。所有行人都在我的记忆里死去了，变得模糊的首先是天空，然后是日期，接着是季节；悬铃木已萌芽，它们的树干的影子也已消失。是哪几棵树干？出租车不再反射商品橱窗的陈列。不再有橱窗，不再有哪怕一座烈士纪念碑。他照样拥住我，我拥住他，我渐渐成为这种相互的拥抱，被拥入时间的相拥已成为时间一部分。与截肢相关的诗学。

幸运的是，我没有记忆。当然，存在一些被我们称作过往的画面，但记忆呢？我记得一种我惯于有意遗忘或篡改的记忆吗？最多，我只记得从未发生过的一天，在我的童年，我在起居室的地毯上玩坏掉的玩具车。两辆玩具车变成了两架飞机，飞机变成了两滴大水珠。它们掉进海里。谁说我把盐洒到了地毯上？把我和记忆所任用的捆缚到一起的，是白日梦那无法规避和细节精准的装置。

一首诗会以已完结的状态浮现吗，如同雅典娜自宙斯的头颅里诞生？可是我们忘却了这众神之神的头痛。忘却了，所有那些告诉我们自我何为的一切已失去稳定性。忘却了十字架上的受难，它曾那样残酷地隐匿了奥林匹斯山上那些不死者脚穿金色凉鞋的曳步。我质问，我将叫喊投向万古，我瓮声瓮气地抱怨说；我真的需要一种铅笔的神学，才能写作吗？

我阅读那些有关雾凇的建筑学的书籍，研究各种关于显花植物的欲望的地图集，就死去的语言的炼金术发表辩论的小型刊物，论述东风的遗传学的覆满灰尘的长卷，演绎云杉的神智学、痛苦的宇宙学的晦涩小册子，有关覆盖住我的身体的化疗死亡学，社会古拉格学，试验性疾病分类学，出离学，脱逃术的无数论文；我的身体在浅层睡眠中打颤，无法判定，如果是在梦中，它是被地狱之火冷却，还是被天使的冷静温暖。

我的大学与被谋杀者的骨头一起被埋葬了，我的阶梯教室曾经总是挤满了孤寂，静默的清晨，我的课程是残忍的敲打，损失，和背叛。当我注册参加一门考试，我已经不及格，因为在"姓名"那一栏我不知道该填写什么。拯救我，学院里睿智的人们，帮我，学者绅士，每一个片刻他们都将投向他们的凝视从我这里夺走。

一个女孩身旁的德国牧羊人

墓地一侧住宅楼紧邻的车库上方你的书房北面的墙上一张背景模糊的黑白照片上的一个女孩身旁的德国牧羊人。我的语言就是这样工作的。身体躯干的空间中右肺的空间毗邻的肩胛盂的空间毗邻的一只上臂的空间毗邻的一只前臂的空间毗邻的一只手掌的空间毗邻的一根手指的空间。独个的词独自为它们自己活着,它们是一片自治领,如同高山农场的居民,只在节假日和战时形聚为一个全体。你的语言呢?相互依存和相互作用。(在我的语言中)字词如同冲上你的住屋附近海湾的不同贝类。它们彼此粘结,依赖于一种有赖于它们的力量。大西洋舟螺,Crepidula fornicada,你说着,继续翻译。

你说一个人必须抓紧字词,你把它们从一种语言带到另一种语言的时候它们统辖着它们自己。接着我们谈到了手盗龙,一种恐龙,1.4亿年前,它们的前肢发育出一个灵活的关节,因此它们能够抓取和支承。纽约的美国自然历史博物馆里的奇异恐手龙(Deinocheirus mirificus),它们巨大无比的臂膀,是在蒙古被发现的。

灌木丛在房屋和墓地之间生长。很快,它们将失去它们最后的叶子。从凉台上已经可以看得见墓石。墓身的近旁有无数小旗帜。我的语言中的旗帜,你的语言中的墓碑。它们标记出战士的坟墓。他们中有一些是在过去不同种类的战争中倒下的,另一些,如同灌木丛鲜亮的红叶经历过凋萎之前的战斗。一个孔隙越来越多的边界。我梦着一个词,醒来的那一刻便失去它。在梦中我不能理解它,你的语言中的那个词。你尝试一遍一遍地解释。可是不奏效。这个字不愿走进我的语言。你抓过一只瓶子,指向软木塞。你继续解释。在一种没有字词的语言里,你说,在一种如梦如幻地哑默的语言里,你说,这个词不让它的某一侧进入另一个词,因为它那样自守,以至我的、你的、任何一个人的词汇中的单独一个词的不渗透性,也不被容许跨越到另一端去。

四周一片漆黑,我们抵达海湾的时候。脚印柔和地沉陷,但黑暗令这些印记落在视力之外。海草的气息。我踩到它时它发出沙沙的声音。仿佛,完全干燥后,它仍拥有一种以偶然的步履为食的活的语言。晦暗中我们几乎撞到两名渔夫身上,他们的鱼竿伸着好像天线伸向群星的藏退。我们返回的路途中,其中一根弯曲下来。我们站住,盯着渔夫慢慢收线时在他腕上跳跃着微光的手表,黑暗的平静表面的一个踪迹,我的语言里"笛鲷"(hlastrč)这个词的鱼鳃,在惊狂的挣扎中搏动;"鲷鱼"(snapper)这个词的鱼鳃,另一个渔夫用你的语言说出的词。

我们已很迟了。仅仅三页文本,可翻译仍在拖延。直到最后一页,你将涵义从句子里拖曳出来,打开字典,仔细研究一种解决办法的若干可能性。沿着通向墓地的街道你在街角转弯。在我的和你的语言之间存在的差别是，我的语言不允许汽车穿过墓地，穿过坟冢，在第六列和第七列墓位之间，朝南出口行驶。也更不允许句子这样做，那你用你的语言说出的，但我无法充分译出的句子，一如当我们翻译梦：从墓地对面，我可以开车送你安全返家。

古罗马城墙

古罗马城墙。混合式建筑作法。仍然有一些寂静。它仍矗立着,如同某种口腔修复体在展示刚刚被时间消磨殆尽的一种印象。一颗被淋洗的石头,一块有孔洞的砖——在这里,从无一个世纪折断过它所有的牙齿,磨削过它的舌头。它垂直,灰跟红,饥饿陷在喉咙,时光散发迁徙的鸟类的气息。

我还是跳读过那些名字,仿佛它们是台阶,云从我的头发里滴下,仍然静止,在肝脏下方刺青,在肾脏上铭刻,在喉结下缝合,亚当的苹果与伊甸园决裂,吞噬着,啊,吞噬着。

一种关于万物是如何大批量逐渐减少的沉默的见证,关于我的身体里鼻孔如何泄露空气肩膀如何沉陷,关于身体如何加剧,在向前、向前疾行的路途中崩坍——当身体穿过越来越窄紧的门,经过一名工于心计的叛逆,经过生着疥癣的革命者,为三只臭虫呐喊的颠覆者,研究世界的狭隘切片的庸医。

它仍胜过一只小昆虫,仍比八月早晨的落叶要急迫。仍然,我说,仍然,螺钉之间的骨头和一只被反复啃啮的钱包，唇舌间的玻璃制品和盛满珠宝的膀胱。仍然，我说，穿过皮肤的细孔它离开已有三十六年了。不冒汗，只有无需尖锐的炮仗和小号吹奏就能发作的收缩，不为体组织活检和隆重的典礼发作的收缩，静默地，仿佛又一份被错置归类的文件里褪色的图章。

如同树皮，我从自己身上剥落。我让鹿砦在我四周生长，助我抵御野蛮人。我咳嗽时，一片横生的领土像一棵树的枝杈颤抖。依旧，金子做的圣甲虫咬啮着。它的颚已碾碎了一意孤行的顽固和灾祸。它的颚，在树干高处，已经切割开我的声带。我的下颚里它的颚。赶紧，赶紧，医生先生，给裂口取一个印模，从死人喋喋不休的嘴里摘取那颗金牙，在它大声吆喝出死寂之前。快一点，亲爱的医生，只要仍然还留下一丁点儿味觉。

我已经分散我的身体

我已经分散我的身体。我的一只膝盖在匈牙利平原。我的主动脉躺在睡着的骆马身子下。我的两只眼球在德国列车的二等车厢座位下方。我开裂的骨骼在偶发的历史和过境机场的现场。右掌在比我能记起的还要多的手中。左掌在被死去已久的飞蛾拆开线的两只裤口袋里。

我何时能准备好?安静的夜晚,蹑手蹑脚走出我自己,当丧钟鸣唱时我吃下我曾倾吐的一切的残剩。我唯一的食物:由重复产生的错误。这里有狄奥尼索斯的葡萄和成熟的浆果,无视恐怖它们闯进一具被肢解的身体,放逐那由一位微笑的神携来的恐怖。我无法忘记我已将我的喉咙疏散到了普图伊①忍饥挨饿后,湮灭是我必要的甜品。

这只是第三个诗节,可我已开始抗拒对第一人称叙述的反感。但还有什么其他办法能够准予身体一种无差别的情感智力(或毋宁说疯癫的逻辑?),将本都②一侧苍灰的颧骨和

---

① 普图伊(Poeroviona),斯洛文尼亚最古老的城镇普图伊(Ptuj)在古罗马时期的名称。是作者的出生地。
② 本都(Pontus),位于小亚细亚半岛,名称源自古希腊人对黑海的描述。古罗马奥古斯都时期最后一位大诗人奥维德(前43—18年)公元8年被流放至黑海之滨的多米城时期曾写作《本都来信》。

拉文那①一只高挺弯拱的鼻子和沃罗涅什②一截残臂断肢和布科维纳③一扇纤薄的胸骨和库尔德拉兹④语的一只耳朵,与一根肋骨,在此处,与此处,结合到一起,仅仅只是为了一个未知的,迄今尚未诞生的片刻?

告诉我什么时候我将准备好。有关海事的隐喻已满载到了船沿,铅锤潜入水中,桅杆急不可耐地嘎吱作响,甲板上四处散布供应物资,贵重物品,和各种类型的动物标本。在甲板下摇晃的是满盈象征的存储箱,它们正从谜题渗滤到谜题。至少用某种不可能测度的语言告诉我,面对任性的动词,散裂的名字,如夜晚一样覆满孔隙的介词,是否还有任何生存的机会?

一月里黎明总是很迟才到来。远处有高速公路的路面噪音和鸟儿一贯快活的啭鸣。穿过剑河数学桥的脚步传来回

---

① 拉文那(Ravenna),意大利东北部著名古城。1321 年诗人但丁客死于此地,终年 56 岁;他曾在此地完成《神曲》的创作。

② 沃罗涅什(Voronezh),是俄国诗人曼德尔施塔姆于 1934 至 1937 年遭流放之地;他在此地写作了三册《沃罗涅什诗钞》。

③ 布科维纳(Bukovina),历史上属奥斯曼帝国属地,1918 年奥匈帝国解体后,领地归并罗马尼亚。德语诗人保罗·策兰于 1920 年 11 月 23 日出生于布科维纳故都切尔诺维茨。

④ 拉兹(Laz),斯洛文尼亚的一座山名。斯洛文尼亚著名作家 Dane Zajc 在其许多作品中曾触及此地风物。本书作者的诗集《身体之书》,即是献给 Dane Zajc 的。

音。我已在睡眠中询问了足够的问题,我不再感到饥饿。已经足够轻盈了,我可以听见青草从皮肤里生长,感觉到盈在我前额的野荆棘的根须。我忘了。我唯一的同盟是一句谎言,我最后的背信者是尘埃。

那时

裸露这个词。

每个人

都曝露于

他自己

仅有的语言中。

比裸露

更沉默。

比处所

不可替换的名称

更是一个处所。

更多运动

贯穿于

一种在创建中

否认它自身的

处所的

可能性之中。

运动。

一个剪影

慢慢

退缩到

---

① 此诗无标题,"那时"是诗集《身体之书》的小标题之一。

一个

尚未被建立的

城镇

边缘的

一所

尚未

被修建的

房屋中的

一间卧室的

角落。

一片草地。

但,草

这个词

没有生长。

裸土。

一切

埋葬于此。

皆为尘土。

皆是

尘土中的尘土。

脸

朝向天空。

开始有雨。

裸露的词

缓慢沉入

被翻挖的泥。
一个消失进
一则引言的
身体。

词,挽救

词。

身体

不

挽救身体。

这个词

挽救了

施救

但并不

拯救。

身体

未被

挽救,

但它施救。

词未被

挽救

它也并非

身体。

身体与

---

① 注:此诗无标题。

词,
这个词不是
身体。
有时
身体
想要
成为
一个词。
一个未解
之谜。
有时身体
成为
词。
词
从未
成为
身体,
但它
需要身体
来挽救
所有词。
身体需要词
来令
其他
身体

知情。
词
需要
身体
来
挽救
词,
这样就能
告知
其他
身体
并不存在
拯救。
两者,
身体和
词,
将被
挽救,
但既非通过
词
亦非通过
身体,
词这样说。
身体
相信

这个说法。
相比于不依据
词
去相信,
更容易的是
依据
词
去相信,
根据这一点
身体相信
它不会得到
挽救,
对身体的
信念,
这
会是
何种
信念,
它并不
为了
拯救
而去挽救
哪怕
一个
单独的

词。
词挽救
词,对
此,
身体
不抱
信念。
若无身体,
甚至
词
也不会
信赖
那挽救了
它的
拯救。

《地下天空之上》(2015)

  天地与我并生,而万物与我为一。既已为一矣,且得有言乎?既已谓之一矣,且得无言乎?一与言为二,二与一为三。自此以往,巧历不能得……

庄子

地下

男孩来了

男孩来了,轻轻舞动
卤钨灯。
因为噪音
什么也无法被眼睛辨认。
在他身后腥臭的地窖里
他留下创可贴形状的光瘢和鱼油。
这不是形而上的时代。
这不是适于噪音的时代。
这是卤钨噪音的时代。
从你们耳朵里把鲱鱼拉出来。
你们能闻到我的恐惧吗?
碎裂的水潭里
预言在沉没。
像牙痛,
我们的时代展开。
它会在黑暗中细菌的幻觉里
结束。

尊敬的文化医生!

鸟雀在根系下飞翔,
电脑在流汗。
极地,窟窿正在生长,
聋哑的人们冲出洞窟
从我们眼中刮落
巩膜和愧疚。
我们的名字是蛋白质。
焚烧它们时我们感到快乐。
可贵的医生,
灵魂制造业领域的
国际疾病专家。
毫无疑问我们具有对话精神。
谁有疑问谁掉进万人坑,
谁没疑问谁走唯一的必经之路。
不存在什么教义。救赎的时刻已开始
在藏污纳垢的脖子下呼吸。
那日子如同遗落的语言中的一首诗
到来。
一个赤足的女孩被一个不再记得的词
刺痛,
她用力咬住自己的牙。

在真相和人之间
我选择等待。

在等待和人之间
我选择塑料花。

我不蠢,没想着坐等变成天才。
我想要的只是气象学家们僵硬的睾丸。

但愿他们能分毫不差地预报,
阻止一场针对我的艾萨克的屠杀。

① 注:此诗无标题。

你刚才在那儿吗?
是,一个声音说。

你是不是也干了
同样的坏事?

是,一个声音说。
你在哭。

他们刚才在哪儿,那些
能原谅你的人?

你在世界上真的孤单吗?
那个声音不说话。

---

① 注:此诗无标题。

如果一个伟大的观念被翻译

如果一个伟大的观念被转译进身体,
那么格雷戈·洛加尼斯就是爱因斯坦。

如果身体被翻译成一个伟大的观念,
爱因斯坦就是吐拉拉·嗡吧嗡吧。

象棋棋圣们梦见的都是何方神圣?

是时间,我亲爱的,我们都加入了
这项蛮横离谱的活动。

让银行家和心脏起搏器去跑马拉松。
让赤身露体的相扑选手决定我们共同的命运。

让我们用脑袋戳穿水泥。

每一回都是最高得分。
所以我们不慌不忙不急着抵达。

年

主说了声高山。
雪落下笼罩他。

主呼唤春天,
春天从高山奔涌而下。

主从松树的尖顶消失了。
夏天在水面上燃烧。

主注视着他,
他正在主的里面浸浴。

哦　　　唉
主的低语流转。

主必须渡过多远
才能濯净
一个人。

一位教授证明

人类历史是

暴力持续减少的历史。

残忍的穴居人，蛮野的游牧民族，农民起义。

如今我们只关心

生机饮食，社交网络，性别平等。

世界存在的暴力几乎不够

填满一张日报，

教授深思地说，

他右掌猛地一挥，

屠杀了停在他熨烫得笔直的裤缝上的

一只蚊子。

---

① 注：此诗无标题。

可听度之域

过境

东京

一面墙,毗邻另一面墙生长,
如同品川之夜。

对词语的萤火虫来说
间隙太窄了。

我被卡在静默里,
因此我书写。

卢布尔雅那

二十年来,我一直在观看
一只空荡荡的垃圾筒上
大黄蜂的格斗。
我生活在
它生锈的底部。

京都

即使没有京都,
没有手提箱和憧憬,
我也怀念相扑场。

柏林

钉针向外伸出窗框。
使我们免受鸟类的侵入。

七月的冷风
散开死魂灵。

没有安息的可能。
你,热爱这一切的你。

成都

一架飞机的轰鸣
横穿一座有茅屋的
花园。

战乱年代
杜甫曾在这里找到
厕身之地。

光阴是一名齿缝宽大的老媪,
一言不发
仍在门前等他。

瓜达拉哈①

沙中睡犬。
记忆来去
如沉默的流浪乐队。
我驻留。

尼科西亚②

我听见熟透的桔子
坠进泥浆。
被海水的警戒线隔离的人们
手中编结着棘铁丝。
独一无二的神
用无尽的语言
为我们咏唱
无尽的真相。
一天有五回。

布宜诺斯艾利斯

第二十一层楼。

---

① 墨西哥西部一城市。
② 塞浦路斯首都。

城市是一名

身穿黑天鹅绒的老妇。

一张纸上的字母,

蚁群

覆盖住难以辨认的祷辞。

唯一可确定之事:

无人再祈祷了。

无人在呼吸。

警笛切断视线,

如一位盲裁缝

运动他手中生锈的剪。

合上眼,我呼吸谢意。

又是一天,

我们得救。

北京

在北京

所有的诗

是朦胧的,

在上空在底下。

正午的

太阳

我自己里面的黑暗

是一。

转机代码

苏凡纳布①,

香格里拉,

你和你的猴子。

多哈②,北京,

沙美岛③,

再次起飞,进入近端的陌域。

一个舱位,一张乘机联,

只有一只手提箱,一块夹心软糖。

休斯敦,斯坦斯特德④,梅里达⑤,

利马⑥,萨那蒂瓦特⑦。

---

① 苏凡纳布(Suvarnabhumi),泰国曼谷机场。
② 多哈(Doha),卡塔尔首都。
③ 沙美岛(Koh Samet),位于泰国东部泰国湾。
④ 斯坦斯特德(Stansted),伦敦一座机场。
⑤ 梅里达(Merida),墨西哥一城市。
⑥ 利马(Lima),秘鲁首都。
⑦ 萨那蒂瓦特(Tivat in Sana),位于也门首都。

一个头脑里总栖着两个,
你和你的猴子。

在一个圆形剧场里
我有一个魔方阵。
它有九种符号,
它们的合集总是:死。

母亲让我来
你匿名的居所
解读你。

在我发现
从何处开始搜寻之前,
我已成为你的藏退的
形状。

———————
① 注:此诗无标题。

我的母亲

我的母亲
在不同的身体里,
崩毁是你的名字。
至少,从你的流亡,
来到我身边,
从贫困和丰饶里,
绽出你蛮荒的威严。
至少,今天,
扔一块菲薄的面包屑,
原谅我
在那些虚弱的时刻,
试图从生活里偷窃
那多于你所想要活的。
请不要再次将我带进空,
当你抚摸我
愿我的骨头被碾碎,
母亲。

如同在性爱中
他者的身体
在诗歌里
神秘地无法企及。

没有尺规,
只有惜别。

你必须丢弃
所有词汇,
如同三角洲的流水舍弃
引领它安稳地
越过大地的
河床。

两枚雨做的舌头
将用水拼写,
你
在水中,你在

---

① 注:此诗无标题。

水的外部。

谢谢你。

父亲是结果

父亲是我的词语的结果。

他在试管中和云里生长。

愧意之门和一句私人的诅咒。

我朝他说:你放屁!

他走开,从一张嘴向外凝望。

生命是个椭圆和一个矛盾修辞。

它只拥有不到五个词。

第一个:爱是对气象的冷淡。

雨水没做错什么。

第二个:这世界没有罪犯。

我的口吃拼出元素周期表。

第三个:在众神的农场自由自在。

快乐就在我掀动铁锹的时刻。

第四个:我总在一次又一次重复我的父亲。

他像空心洞和建筑物那样生长。

第五个:不存在正义,只存在革命。

矛盾修辞就是一段脱漏的生命。

它只拥有不到五个词。

第六个深深卡在喉咙。

第七个,据传闻,不能被消化而且鸦雀无声。

矛盾修辞,生命的讳语。

关于进化的一个真相

达尔文
除以人,
人进化成
猿。
那里并没有
等着我的
香蕉。

我们中的每一个
都源自某处，
我们每一个
都无休止地处在
从某处抵达的
行动中。

我们永不会停止
来到，歌唱，去成为任何一个。

星聚，众河，群山，
是一种不可信赖的方向定位。

当你，无休歇地
到来和抵达，
只有你所携带的，从你自己内部
你无法停止携带的，
只有这——
是唯一的方位。

---

① 注：此诗无标题。

来自某处的其他一切,
去到某处的任何一个。

我们的道路那
难以被确定的,自由的方向,
你应被称颂。

天空之上

我有一件白衬衫

我有一件白衬衫。
子夜,
一具黝黑的躯体在它里面发光。

白是边界。
我住这边。
在那边,我被吐露。

我有一件白的,
宛如霜雪,
天使般的衬衫。

我竖起领子。
解开一颗纽扣。
卷起一只袖子。

语言变脏。
天使变脏。
灵魂变脏。

可我依旧活着,

在我霜雪一样纯洁,

在我清白无瑕的衬衫里。

如同一片原始森林

如同一片原始森林,
我们也已成为煤。

你,掘入自己内部的你,
记得那回声。

掘入时间之人,
给永恒带来伤口。

理性有一个愿望

理性有一个愿望,
却无法驾驭
我的命运。

灵魂能操纵
命运,
但对意志一无所知。

我将理性
塞进一只黑公文包,
把我的灵魂夹在耳后。

当我独行,
黑公文包喋喋不休。
是谁在朝我耳语。

我并未纵身跳进埃特纳火山口

我并未纵身跳进埃特纳火山口,
更不曾投身进庞大固埃贪食的嘴。

那时我正在沙漠种植椴树。朝向静默深处挖掘坟墓。
无物生长。也无回声。

我虚弱之时,目睹缄默的神谕和兜售雾的商贩,
视力饲我以苦蜜。

我从不懊悔。我不懊悔。我是沿着
一种模糊倒影的方向不断解体的沉落。我不知那是谁的
　　倒影。

海的声响会是我的睡枕,
我眼睑上停有一抹海鸥的影子,当我们一齐与这倒影会合。

根据隐微表述的理论
人类的光晕是无穷的，
尽管距离在稀释，它不断变得微薄。

在宇宙的另一侧
我刚与某人擦身而过。
相反地，我正在触碰一切。

有多少遇合，多少必然性！
很不错，我的思维有局限，
我的名字无法被转译。

---

① 注：此诗无标题。

有时候地球会转暗
你的家在黄昏深处。
一幕窗帘后,仿佛幻景,
黑暗中一丁点微光。

任何思考"希望"的人已失去它。
它闪烁,以便你感觉你的阴影,
一位盲眼的忒瑞西阿斯十根手指浸入
字母的黑。感觉那些裂缝。跟从。

---

① 注:此诗无标题。

一无所事——
我不敢,
这微小的无
伙同一个人一道所能做的,
是可怕的。
还是
藏身在词语中比较好,
这样,大个子的小人儿
和微细的,无穷的无
被驯服。
哪怕当一个词
将你逼入死角,
总会有一扇门。
是谁在设法写作呢?门后
有什么?

---

① 注:此诗无标题。

你内部有一个地方

你内部有一个地方,
在那里你秘密地栖居,
受禁的碎片断瓦,
一个不允许任何人进入的
地方。

再没有比成为一种正在游离的暗示
更甜蜜的了,
它用一根淌血的舌头
舔舐这个地方。

我是否应坠入灰色天空

我是否应坠入灰色天空,
坠入灰内部坠入它暗淡的轻抚,

坠入那片痕迹,从一种情感背后它揭示
它并不存在,这痕迹因此必将返回。

我是否应坠落,消失进全部之间的空间
如同鼠遁入夜里的面粉,醒着?

仅仅只在字母里醒着。
我是否应坠落,坠落着离开,

因为我热爱返回,因为我永远在
天空之上,土地之下。

一首诗在我脑袋里

筑巢。
它的家在哪?
无处不在。
它何时存在?
总是。
如果所有的诗总是都
无处不在,
我怎样才能知道
我脑袋里的诗
真是我自己的?

吱吱唧唧吱吱
它嘲弄地放声,
从一棵触不可及的
树。

五个声明

五个声明,
这就是全部
被这些年月冲上岸的。

第一个:当我还不存在,
就已爱上你

第二个:我的生命
是溅入无垠夜晚中的一个黑墨滴。

第三个:没有尽头,
只有白雪覆盖的山巅。

第四个:大海
不关心我们。

最后一个:没有尽头,
冰川独自凋陨。

新诗 16 首

我们的诗人们朝什么微笑?

我们的诗人们朝什么微笑?
并没什么可笑的,在我们的部落里。

我们中有很多,倒在沟坎里,被谋杀。
我们的女人和孩子们赤着脚,饥肠辘辘。

闻所未闻的疾病正把我们撂倒。
新建的村庄不见踪影,而很快天要落雪。

就算这样,微笑还是不曾从我们的诗人们的脸上褪去。
似乎面对悲伤,他们能感到没道理的,秘密的欢快。

当我们问他们有什么可笑,他们默不作声耸耸肩。
当我们要求他们在黑暗的日子让我们振作,他们默不作声耸
   耸肩。

他们看守住他们发出微笑的理由,只为他们自己的欢乐。
一天一天,面对他们稀薄的言辞,我们的信任越来越少。

在这贫瘠的年代,我们的诗人们的微笑当真是神秘的。
他们的脑子被烧坏了吗?他们在嘲笑我们共同的悲苦?

有时候，他们的微笑割伤我们，比敌人的武器更残忍。
可是，如果他们以为自己能骗过我们，那么他们错了。

只有当我们将我们的诗人们的秘密全部榨干，我们才能杀了他们。
只有那些最大号的大白话，只有那些脸色严峻，跟我们相像的，
我们让他们活。

在儿童医院

这时我明白了我的任务:
用我的呼吸扛住天空,治愈距离。

自助食堂和消毒剂的气味
泛毒的气泡钻进我的游戏。

我播撒如此大密度的风和云的拥抱
我的思维因为自由的香甜马上要爆炸。

一切正在消失。关上灯。清空春天。
呼吸机要求我务必继续。

它说其他无声的事物也存在。
它说人们死后还在呼吸。

我吸入众神的耳语呼出人群的尖叫。
与爱的人分享吸气和呼气感觉良好。

我就是吸气和呼气,跟我在一起的
是一把轮椅一朵云和一只注射器。

我在词语之上呼吸,你们来了,
乙醚爸爸和苎麻妈妈,科学爸爸和月神妈妈。

好像一位贫穷的农民手中的一朵向日葵
我疲惫的脑袋贴进你的两臂。

吸气,爸爸,吸进所有属于我的。
呼气,妈妈,呼出所有在劫难逃的。

吸气,爸爸,你创造的一切是白色的这可怕。
呼气,妈妈,除了在我身边你无处不在。

这时我明白我的任务完成了。
仿佛溺水者我被更深地载进词语的冷淡。

锡拉库扎①

被历史的符咒镇住。
雅典娜和圣母玛利亚是一体。
痛苦的建筑,
也是海岸上海鸥的尖叫。

眼的饥渴几乎是客观的,
它攫取灰墁,小天使,希腊多利安之战;
在时间中迷醉,
时间的盾遮挡住当下的视力。

围绕锡拉库扎漫步的美
美妙啊美妙,
因为很久以前,它是阿勒颇②。

电视屏幕上掠过救生筏,海水中尸体沉浮,

---

① 锡拉库扎(Syracuse),西西里岛城邦。前417至前415年,雅典军队远征锡拉库扎,最终,在斯巴达赫伯罗奔尼撒联盟的助阵下,希腊陆海军全军覆没。

② 阿勒颇(Aleppo),人类最古老的定居点之一,位于叙利亚西北部,与首都大马士革齐名。它曾是叙利亚第二大城市。多石灰岩建筑,有白色阿勒颇之称。

我两眼黑黑瞪向无动于衷的岩石。

自从时光太息，过往就在此处就是此时。

我的小神

出生时
一位小神
藏在我的身体里。

我总在变化,
他一直
就是他自己。

我们并不完全重合。
我常呼唤他,
他不在。

有时他会从我里面伸出手
摸摸其他人的神,
而我毫无察觉。

他不糟糕,我的小神,
尽管他被误会,孤伶伶。
我可怜他。

我并不想在他的皮肤里。

可他就在我的皮肤里，
那么我感谢他。

游泳池

一枚冰蓝色子宫
盈盈的云和航迹云。

一个荡漾的允诺,我们全都将返回
羊水,哪怕它被氯化。

我接受一切。我声明放弃所有。
我沉入所有一切,只穿湿漉漉的胡须。

我漂浮在你里面像垃圾,像死昆虫,
一滩溅溢的汽油,像懒惰的精子

我梦到所有的脂肪,而它正在你的又一轮往复中
梦着同样的关于我的梦。

从天空看你是数不尽的泪滴中的一滴
涂描在一个被谋杀的恶魔的面具上。

生命,无非只在今夜

生命,无非只在今夜。
今夜我又一次死去。

我再次死去,今夜,
我知道,这并非最后一次。

我明白,我微小,广阔的死,
上一回并未发生。

我大量微小的死
是蒲公英喷出的时钟,

像一只光球,我在风的嗓音里旅行。
我旅行,为了死在世界的每个截面。

今夜,生命面面俱到,
但有我自己无处不再生的失踪。

我亲爱的父亲

我亲爱的父亲,你知道我明白
我的小儿子懂得的,不会有任何存留,
词汇不会,身体不会。

你的身体里活着你对你父亲的尸身的记忆,
你的父亲不会忘记儿时看见蠕虫
爬出他父亲头颅的情景。

我看着你,你的头缠裹绷带,你在医院病床上,
我明白,我亲爱的父亲,已是枉然,一切徒劳无功
不会有什么存留,既不是词汇也不是身体。

皮肤腐烂,器官液化,
组织和肌肉成为混合肥料,
很快,骨骼是尘埃。

你是我的记忆的儿子,父亲,我是你的父亲的
最后一名目击者,我的儿子是你的衰朽的核保人,
你的衰朽将持续到一个男人生命的最后,如果他记得这衰朽
    的生气。

就这样一些躯体和词语遁进空无。
一切徒劳无功。次要而微薄。我们所有
荒唐的勉力只够维持一个稍长的短暂片刻。

他们给你动手术,在你断裂的颌骨里
埋进一颗没有生命的螺钉,一只钛金属做的小虫,
有一天,作为消失的儿子和消失的血统

与这消失的方位中的唯一生还者,
它将作证,在那个地方,亲爱的父亲,
遭淡忘的词语和身体曾经相遇在

万念俱寂。

太阳在我身后移步

今日是每一个礼拜一。
今夜我们会再次上路。
朝着太阳,我爱着并说出(但或许我就是?)那些词,
它移步,它移步。

今日是每一个礼拜一,
另一具尸体沉入泥土。
我是一粒种子。
太阳在我身后移步。

比尘土和野草更持久,
随心所欲地消逝进那些晦暗不明之物。
越来越安静,越来越不畏忌,
太阳在我身后移步。

我借着夜的光爱你。
我爱,因为我就是流亡。
我在完全的黑暗中爱。
太阳在我身后移步。

今日是每一个礼拜一,

今夜你会再次上路。
穿过完整无损的黑暗
走向太阳，它正移步，它正移步。

释放别样事物

释放别样事物,
在事物中感知某事物,
羞涩的,不确定的,
并不真的是,只是隐约而
无可避免地不可预料的,
不曾出现的某事物,
掩饰事物的某事物,
在场的,被移位的,
无论何处就在此中的事物,
它取消,它尝试,
它迫使其他事物创造某事物,
就在富含彼处的此处,
就在丰裕流离失所的此处,
只为感知和释放,
毫无困难,
这即是为何,对于那些
困入此处和此时的,它深不可测,
仅余此处与此时
彼此有别,
再无任何其他,
唯有我的藏退具备形体,

我发声以清除它，

直至某处，某人所谈及，俱被清除，

直至某人亦被抹去，

直至此处和此时亦被抹去，

释放这一创造，

创造别样事物，

另一个此处，另一个你，

某样事物。

群山,风,亡者

群山,风,亡者。
如一,活着。
冬季当我们,
穿过树林抵达小径。

当我们来到边境,
当夜风
已淬白第一束光,雪波吹动
另一束,更暗沉的光。

是冬季,我们叩门,
仿佛每一座屋宅
都在时间之外,只有悲悼
能归还那曾被出生夺走的。

松林之上。山脉后方。
幽暗的永存的彼处
有一片无穷的尘埃
在光之内醒着入眠。

当我们离去,全无影子和讯息,

穿过树林的小道上，
全无树木全无路径，
并不余留任何踪迹，冬季。

柳树

我的爱,你这不停歇的旅居者,
我们的灵魂是水做的,永远在涨落。
你和我,思绪是皮肤和树皮做的,
共时的一体,秘密水流的一部分。

你穿过时间旅行至此的整条道路,
随年月已灰灭晦暗和沉重。
而我就是时间,萌叶的时间,
染绿旅者,荫翳为他们披衣。

进入我,水做的爱。
这个苦雨的夏天,没有什么能比
被树叶静止的瀑布拥抱更美,
你既是内部,也是天空。

进入我;信念是风,绿是所有的语言。
也许你漫长的旅行只为到达
这里,在此刻,被雨坠葳蕤的低语环拥,
成为我内部的心脏,终于找到了它的躯体。

俱往矣,连同你的死

俱往矣,
连同你的死,
栖入我。

不早于我死去之时,
你当真会迁到
赫尔墨斯和命运女神那里。

我们的躯体
连同我们的后裔
正消失如去冬的雪。

当我呼唤你,
当你呼唤我,
我们在此地偶遇,在光阴的庇所。

凡属是的,俱已过往,
擦拭掉语言的终末,这擦拭
是诗。

站立在你的王国的边陲

站立在你的王国的边陲,
我们已缝上了嘴唇。

你已将我们的名字存档,
鱼和风会啃啮它。

在我们的骨头的重量深处,
你那最恒久忍耐的圣徒们让步。

立在你的王国的金色大门前,
为你,我们已将我们的名字缝入唇舌。

舌烽火四起,我们走进哑默。

从另一侧,我们已将边境线
永久地,无声地,缝入你。

什么是半个小时

如果一切都被对半平分
什么是半个小时。
一只苹果,一次生命,
和一条只被你看见的道路。

半只小鸟飞过
半种记忆
浮现又消散
半个母亲和父亲。

我学会
失去,并在丧失中
用一个盲眼的词
焕发那些已失却的。

一首诗再不能做得更多了。
在慢慢愈合它自己的伤口的
权力登场的地方,坠落。
你懂吗,爱?

符号

他写作,置入符号,逐渐变得热情。
以一种看来完全无用的活动,他在浪费整个生命。

无人注意到他正在做的。
孩子们四处奔跑,不曾留意他们抹掉了他的努力。

尽管如此,他确定,宇宙的命运
在他手中,取决于他的坚持。

已经被揭示过许多次的,
将再次被揭示。

他的活动延伸这些词,"海之沫",
"折扇","此","存在"。

延伸那诱惑者,诗,携来的
精湛面纱。

倦乏的海滨浴者抖掉他们身上的毛巾,
他们已在沙粒中躺着度过一整天。

留下的只有一种印象,而它将一次接一次被抹去。

那里有对夏季终了的反抗。

附 录

在语词的腹内

一篇向阿莱士·施蒂格致敬的随笔

[德] 杜尔斯·格林拜恩（Durs Grünbein）

几天前，一则新闻报道让我感到吃惊。从一篇文章里我读到，现在出现了一个"世界卒中日"（即十月二十九号）。人们度过这个"日子"的方式与度过"世界厕所日"，"世界难民日"没什么不同。近年还出现了一个"世界诗歌日"，因此，有一个主题开始变得正式起来：每一年的三月二十一日，诗歌，因为被视作文学体系内的一名至亲笃好将得到人们的纪念；在所有那些贯穿全年，给人类套上障眼物的冠有名头并且无比重要的日子里，诗，值得拥有它的一席之地。

有什么会令诗歌吃惊？这个问题应该被当作一个出发点；我认为，阿莱士·施蒂格，是一个喜欢让他自己吃惊，也乐于在事件的潮水中被惊讶突袭的人。初次阅读他的作品，我便感到，这是一位与偶合性存在和发生正面相迎的作者。他勇敢地面对那些在瞬间照亮生活眩目的多样性的簇拥的星丛。他的诗歌，他的散文（对他而言，这二者不可割裂）在搜寻即刻的洞察——哲学家们通常将它指涉为"根据"。处于他诗学核心的，是一种意象络合物。意象拥有充裕的视角高度，这是可以占据整整一座画廊的意象。在他的文本中漫步，就如同来到一间巴洛克样式的珍奇百宝屋，一处修士的隐隐茅堂,周遭的壁面却从上到下挂满彼得堡挂毯画风格的图绘。

无招架之功的观者难以轻易领会;因为与其狭路相逢的,远远多于他能够在眨眼之间解码的。不过,读者还是有可能跟上阿莱士·施蒂格的步伐,如果他能将注意力集中到阿莱士本人曾指称的"入口"。读者被明确指向某一些此类入口,而另一些,则有待他们自己去发现。他的文本,尤其是他的诗歌,有赖于被反复阅读。但这类文本并不将它们自己封锁——到最后,进入它们总是有可能的。它们不过刚好否认了一种贸然达成的粗略理解。在这个意义上,它们与一种我们也许自超现实主义时期就已领略并熟悉的策略相吻合。区别是,在阿莱士的个案中,可读性并不是一种赌注不明的赌博,一款《赌场高手》游戏。而这,正如它在艺术史中的可能性,在文学中,亦是可能的:如果某人走运,初始的定位必然被重新斟酌,最初被激发的期待从而得到满足。而一位新的领航员可能突然不期而至,他或许会将种种分析工具彻底清洁,之后,好了:观者学会了凝视表观的晦涩。"我正在学习去看",是其中信条;而年轻的里尔克在《马尔特·劳里茨·布里格手记》中也于这一信条心有戚戚:"我并不确定是什么原因,万物更深地进入我,并不在它们原本通常会抵达的尽头停下来。我拥有了一个内部,对此我一无所知。现在,一切都涌向了那里。那里究竟发生了什么,我毫不知情。"

"那里","它们","之后",是一些关键词,一些副词提示出一种与方向有关的意味。以这种方式,这些语词作为章节标题在阿莱士的《身体之书》中再次露面；它们中的每一个，都是由诗和诗-散文构成的"三联画"的部分。它们径直进入这位斯洛文尼亚诗人首肯的写作进程。阿莱士·施蒂格是一个学会一点一点更清晰地去目睹的人。在他的诗中，日常生活与其种种同时性偶合——一则新闻报道，一次博物馆之旅，亲密友人的亡故，环绕剑桥与他的伴侣一次共同的散步——会在适当的时刻一同涌现。

然而，对所有这些进行的记录，在每一个步骤里都不是工稳妥帖的。他并不拥有任何截然的立场，这样，他能将世界当作一则时讯，或一种仅仅只是穿过了他的现象那样收听。

"在我，和写作这些文字的他之间，存在一种差别。我们都栖居于同一具躯体。存在一个我，一个他，还有一个身体。三者之间，唯一的谜是身体。在我，一个失明的人，和他，一个没有兴致用眼去蠡测的人之间发生的是，他从不是我，而我偶尔是他。一面疲惫不堪的浴室镜子，身体是迷雾一般笼罩他的水蒸气。"

这样，作者便站在了他自己的一侧，他收听身体和灵魂的对话——正如他的前辈们做过的那样：那些巴洛克时期的玄学派诗人。他断离，被一种片刻间的力量断离，这种力量示意他自身的必死性。"如果我是他，我写到。如果我是我，我目睹的是一份令状。天性上，我是一种异端的造物。混乱贮存在我的袜子里。"

自然而然地，对于一个以这种方式写作的人，打磨诗歌变成了与每一个最近发生的处境的交锋，每当后者被社会和日常生活令人震惊的事件造就。可与此同时,他泰然地追索着一道想象的诗性之弧:它是无一例外地维系着每一种惊奇的纽带,只要这个身在同时性偶合中的人,正在写作的人,了解如何去麇集迹象。我们在他的《身体之书》里读到了什么?

> 仅仅只有关于种种偶合的
> 恐怖
> 被充分定义。
> 凭睿智的妄语,边缘
> 显明它们的
> 确凿。
> ……
> 正如同手
> 折叠
> 纸,
> 同样地
> 时间
> 折叠
> 词。

　　这引人共鸣;一种规划得到概述,一种逻辑已被确立。它看上去似乎是这一类型的逻辑——它为路德维希·维特根斯坦语言哲学热忱的学生所钟情;在这一逻辑中,词语初始作为它们自己的现实出现,精神药物随即于第二个步骤中暴露出它们的魔法。

施蒂格是一位有方法的诗人。在他的作品中，语词带动它们自身全部的重量，它们自身的正当。它们在一首诗的空间内孤立地站立，表明它们在所有词目中的位置。就其本身而言，它们属于一种由字母和定义归因的秩序。然而，幸好这位人类个体，阿莱士·施蒂格，对此绝不感到满足。他并不停留在语词的零度，语词不诉诸感情的功能性，以及作为原则问题的语言怀疑主义之内，后者见诸于文学维也纳派作者的书写。阿莱士·施蒂格的作品中，语词并非作为文字游戏的枯干植物而存在。相反，他努力确保它们得到解放，飞翔，并在时间（心灵时间以及历史性时间）中返回。在他的句子里，语词变化成为一个蜂巢，涵义嗡鸣着进进出出——正如同那些小小的收集花粉的膜翅类昆虫。而在此状态里，语词也成为世界，成为平凡而殊难测度的生活的一部分。总是会有微量的无把握感存留，每当一位作家——正如他——一方面运用语词限定的词法纯度，一方面运用神奇的增压，调遣语词如同测试探针。这一微量超越任何语言理论，它总是来自于个人，一个每当他接洽త下一次眨眼之间所呈现的同时性发生时，总是保持着个人的状态的人。为此，他甚至不需要做一个诗人，尽管这肯定也不会使得一切变得更容易。因为，语言经由那组织了人类的仇恨并带来死亡和破坏的极权主义意识形态，被历史拖拽着穿过了20世纪之后，在所有那些所发生的恐怖经验之后，诗人已不再能置他的事务于一种稳固的基础之上。这也是为什么汉斯·卡尔·阿尔特曼在他的《诗歌行动八点宣言》中正确地声言："存在一个无可反驳的句子,也即,即使不拼写或说出一个词,你也有能力成为一名诗人……。只要你满足一个条件:或多或少渴望诗性地行动。"

诗歌行动自身使得我们做诗人。而通过这样做,阿莱士·施蒂格已经走得很远。首先,他是一位诗性演员。他通晓那些定义了诗人的生活方式、态度和器宇。这就是为什么他能规划他的每一本书,从结构上将它们构设为一个一个个别的词。恐惧,偶合,纸,构成了一篇针对处于写作进程核心的建基原则而创作的,富含洞察力的长篇檄文。

曾有一段时期,在年代久远的中世纪,哲学家们争论过唯名论和实在论的对立。他们的争论集中在普遍性是否存在的问题上,也即,普遍性理念是否存在(比如,关于杏、箭猪、电脑的理念)。或者,它们是否只不过是任意名称,是一类措辞,而我们不过只是碰巧使用了它们,将它们当作一个以语言为基础的共同体的一员?杏?——它们随处可见;箭猪有赖特定地区和文化为人所知;那么电脑呢?我的一位画家朋友曾对我说,"只要遇到'冰箱'这个词,这种诗歌我是不会读下去的。"很有趣:他是谁——实在论者还是唯名论者?新的事物作为未知飞向我们,而我们通过使用它们来构建一个新世界。在这个新世界里,时间与本体论争吵不休。堤坝并不在庞贝城居民们的世界观范围之内,频闪仪或烘手机也同样。在这里,柏拉图的理念学说出现了纰漏。

事物的非时间性存在是不存在的。只要时间一到,它们便作为某种发明,进入其自身历程的某一个阶段。古代的吟游诗人说着"铁饼"和"方尖碑",而我们谈到"高速公路"和"机关枪"。只要现代人提及"圆珠笔",贺拉斯就会悲伤地摇摇头。判定某事物在何时,以何种方式进入我们的想象力,并不是一件无关紧要之事。

在阿莱士·施蒂格的诗集《喀什米尔》中,有一篇作品极富穿透力地反思了所有这一切。在《浪漫派和现实派》中,我们读到:"当我们从雪中采集到珍珠,神秘开始融化。没有日照,白色群山成为一条翻涌暗棕雪泥的河,一条狂暴的河。我们立在岸边,观看曾在雪下安睡如今已死去的天使,连同空荡荡的玻璃瓶和支离破碎的原木,如何一道被一条河卷走。"

这位诗人熟稔众多的文学流派。但是,一旦他进入写作场景,他便将之付诸于遗忘,犹如这是第一次提笔。他在一个既自然也人工的世界里四处走动。他深思熟虑,依据自觉着手处理自己的作品,与文艺复兴时期的大师们同气相求,如同一位艺术制作者,一位视觉艺术领域的手艺人。有可能,这种澄思渺虑的、自觉而清醒的专注,造就了他的每一篇作品本身就是一个事件这一事实。每一篇作品,是一次进入未知的远征。事物与它们的名称之间的关系,现象与其描述之间的关系,推动他的批判性思维持续运作,因为理解并非不言而喻、理所当然之事。他搜寻一种诗的元语言,以便能够更新命名事物这一行动本身。结果便是,多重的空想式现实。

于创作中,他经常会追索一个普遍性理念。不论对于他的诗,还是他的散文、旅行文学、叙述性随笔而言,这一方式都有效。它们被组织——这迅速变得可视——遵循着一种想象的秩序。而这一点,可以从《事物之书》、《身体之书》、《此刻日志本》中得到辨认。《事物之书》是一组由 49 + 1 个部分组成的诗歌套曲,集合了各种各样的物体,诸如雨刷、软木塞、门垫、回形针、绦虫、牙签、或独轮手推车等等。这个列表是随机的,但读者有可能已感觉到,诗人的选择并非独具条理。他为自然现象赋予嗓音——如石头,蚂蚁,或土豆——正如同他对那些人类创制的事物所做的,他将它们提交给语言领域。这并非一个对秩序的细节一丝不苟的人所为,亦非一名事物的学究式编目员所为。相反,我们发现的是一位艺术家,一名在意义的物理空间内运作的拓荒者,他已被各种现代美学撼动,正如相对论已彻底变革我们对物质的理解。这其中并不存在不具历史化意义的物体。《事物之书》中的《香肠》,就是与此有关的一个极端例证。一如其诗本身所意欲的,读者应该慢条斯理地品尝它。如果忙不迭地狼吞虎咽,诗中的语词有可能如香肠肠衣爆裂。

《香肠》

你看到了吗?二十万根法兰克福香肠
正为劳工权益举行示威。

六百万根意大利蒜味腊肠,按犹太洁食方式做的,
在二战中死于毒气。

五百万根辣味巴尔干肠,五十年内已陆续制作完成。

与此同时,恐惧占了上风。粗壮的意式猪肉肠的数目正在爬升。
必须有人马上采取措施,对付黑布丁的淋病。

还有,哇,穿迷你裙的热狗肠,这料理真特别。
还有那些匈牙利尖头细高跟鞋。那些绗缝和神奇胸罩。

用谎言,恐惧,迟疑,色欲做的混合肉类。
可这爱,它打哪儿来?这个让人胆寒的想法?

你的胃在咕噜吗?别管了,把它填进肚子就好。
肛门和嘴之间——一具身体对各种身体的胃口。

食欲亢进的民众,困在语言的肠道里。
弄伤它。捏挤它。让词语在你牙齿间爆裂。

一种骇人的怪诞。同时还极为具体。你会开始觉得有点反胃,当你看见营养和大屠杀,性别主义与进食障碍在眼前纷陈并置。诗歌能被允许这么干吗?这种脑力上的飞跃,如此这般混杂的动机,能被允许吗?"一具身体对各种身体的胃口"——深渊的恐怖在一个终句达到高潮,我们所有那些微妙的差别在这个深渊崩坠，撞毁作一堆。《香肠》这首诗的营养力呢？它是关于进食和被吃，关于拟人化香肠们的战争，还是关于一个吃香肠的人们的国度，以及他们的食物链？它是关于对人类和动物的屠戮？它沿着淋漓的血迹拖拽着我们全部的文化理想下降，与此同时又在将我们所有人，我们这些以肉体形式存在的生物，转化成自我本位的吞噬者？我们不过是那种将一整个社会逼入某种普遍的肠蠕动过程的新陈代谢的中介阶段？具体的运思跟那些冒以虚名的内省和外部事务一道大快朵颐。人类尊严的限度——就在它大口猛力吞咽直至无知无觉之刻。如此，香肠成了针对精神的一桩丑闻——因为它污谤了每一件美好、高贵、真实的事情。可是，是谁在这首诗里发声？能不能不是作者本人？

阿莱士·施蒂格动身前往语词的腹内。他的信条："用你的眼，物质被书写；用你的耳，事物被书写。"依此方式，当写诗已被悬置，边境交通便被采纳，那些管理着对语言的最敏感形式的反思的规则，悄然遁迹。事物精明而又诡异危险的本质。在我们背后，它们过着自己的生活，共谋，最后指证我们。

留存下来的，似乎带着恶意地令人惶惶不安——但困扰我们应付裕如的"事物的秩序"的，正是这些诗篇的直言不讳的原则。在这种关于事物的诗歌中，我们为一种双重的空翻作见证。不仅仅是有关物体的观点，和物体已得到清晰释义的物质性，甚至连同它们的名称，都一同被抛入灵薄狱。他在测试一种重复的轻击，一次后手翻；在这过程中，为人熟悉的情状开始跳舞，而对立面逐渐领略到它们被悬置的状态中的奇迹——内部与外部，此处和彼处，我你他她它……突兀地，迅即地，它们自相被互换，被混洗：经由语词的杂技。事物当中蛰伏着形变——一把"椅子"变形为一个四条腿的生物，动物王国里我们的祖先之一；一只"牙签"转化成一位微型的罗伯斯庇尔，被围困在波吕斐摩斯咽喉的局促关隘；而一架"频闪观测仪"有可能将全部的演化从头到尾温习一遍，那些在舞池里旋扭的躯体的演化。变身为喜怒无常的人群，物体活着见证了它们的人格化，比如在对那把"伞"的谈论中，伞几乎成了一位友善的叔父。

> 每当他环握住你的手掌，世界开始在它自己上方旋转。
> 朝向外他解开那套过于紧身的燕尾服。

或者，如同我们在《石头》中读到的，主语突然被捕获，被装箱，被纳入一番地质调查：

> 你固守的，无人听得见。
> 你，你唯一的石头居民。

这并非一个状态确定的宇宙。其中的每一样事物都在恒流中忙碌活跃着，每一样事物都处于一种环状的流转，处于存在之链的一个环节中。相应地，存在大量有关吸纳，有关消化作用，有关新陈代谢的说辞。这些诗的标题已经痛切地提示了某种中心络合物的存在："胃"，"绦虫"，"鼠尾草"，

"粪便"。真有必要指出他的书写比任何文学惯例要更接近隐蔽的现实吗?那种(抛开纯属社会卫生学的考虑)更青睐于停留在表面的现实。阿莱士的诗更深地窥入肠道。他对发展的不同阶段感兴趣。"我尝试想象细胞分裂的情形,器官、眼、两只胳膊、手指从生殖细胞开始发育的不同阶段和生长……"哪一种冲动触发了几个细胞的规则搏动?什么样的潜能被授予给那些可能被语言认为微渺且无意义的元素?每一个区别的记号,每一颗尘粒,每个倏忽间湮灭的一闪之念,难道它们不是潜在的胚胎的心脏?施蒂格在他的《身体之书》中提出了上述问题。而这,意味着在询问诗人自己的名字中字母"S"上方那个小小的勾(斯洛文尼亚语称之作"stršica")是何含义。这个小勾也就成了一种语言内部的重重差异的标志。它标记着潜在的选择项的过量。按恩斯特·布洛赫说的说法,它证言了"无论巨细每一种现象中的倾向性,潜在因素,乌托邦"。无论死灭或存立,无物并不因其无穷小,而不足以令它成为另外某种事物的细胞核。他是这样谈到早餐桌上的鸡蛋的。

> 它见证时间吗?冷淡地穿过空间的时间?
> 眼球,眼球,裂开的蛋壳——浑沌还是秩序?
>
> 时辰这么早,对一只小眼睛来说大大的问题。
> 你——你真想要一个答案?

也许,诗人就是提出无可能获得答案的问题的人。他的专业领域在所有内在修辞以外,也即,绝境。问号,调控着在有关存在的诸种问题交叉点上的交通流量。阿莱士·施蒂格精通诗的问-答-游戏。他还知道,它们通常岿然悬于空中。他问道:"如果被一首诗寻觅到,这是否就是一种遇合?"

答案:当然,这是可能的。诗是一通骤然来到的长途电话,事先不打招呼。它让我们和一种处于我们自己的种种困境之外的嗓音联络。

1933年,超现实主义者安德烈·布雷东和保罗·艾吕雅启动过一个问卷调查,他们将调查结果发表在了《米诺托》杂志——这么说吧——这个团体的家乡小报上。"你能告诉我们,什么是你生命中最重要的际遇吗?在多大程度上,你曾经,并且你仍旧有印象,某种偶然或某种必然内在于那一次际遇本身?"

在这里,我们已进入阿莱士·施蒂格写作的出发点所在的地段。他的诗和散文的DNA呈示出显著的变异。存在一些在浸渍中绵延的时刻。而如果一堂大学比较文学课程也算这类时刻之一,那它是另一回事。然而,确定无疑地,这类时刻包括——前南斯拉夫社会主义秩序的解体,以及接踵而至的巴尔干战争;斯洛文尼亚几乎完好无损地存续,作为一个完全主权国家朝向一个新欧洲前进。阿莱士·施蒂格沿着他的外围边境线徒步旅行,征服了这片新土地。一部以他的书面笔记为基础制作的纪录电影的片名是,《无界》(Beyond Boundaries)。它展现了一段哲学之旅的路线。

而最引人注目的变异之一,由超现实主义运动释放的辐射能所激发。它的标志是：滞碍传统的意象构成逻辑，引入奇异的动机，表演联觉的体操，运用诡论式的叙述，或者欣然接受冷僻的句法。读者们还会注意到，大批西班牙语诗人影响了这位作者。他坦然参照加西亚·洛尔迦，同时却又涉及塞萨尔·巴列霍和奥克塔维奥·帕斯。他纯熟地掌握西班牙语。在他远足的日子里，南美，是他最为活跃地驰骋的大陆。他已在拉丁美洲有规律地旅行了十几年。他已去过"任何地方，除了巴拉圭"。标题为"有时候一月注入了仲夏"（1988）的一本书，按时间顺序记载了他纵横秘鲁寻找塞萨尔·巴列霍的远行。不过，有关这一区域的指涉在他的作品里俯拾即是。存在无数个例证。"这是我无论如何不能丢弃的行李。洛尔迦的诗，《诗人在纽约》。康尼岛上呕吐发作的人群中，一位诗人迷了路。呕吐护卫了人群，使他们免受死者的攻击，当死者们从沼泽中复活，威胁整座城市。活着的人呕吐出死者的名字。语言治愈不了任何人的呕吐，但它阻止了这两个界域的归并。"（《那里》）

再一次，是身体的内部运作迷住了施蒂格，这是在语言外围发生的反胃。就此写作的诗人认得众多连接起想象力的狭道。也因此，一旦他被博物馆和档案馆吸引，我们决不会分外吃惊。在这类场所，人类的器物正等待它们的苏醒。"我阅读那些有关雾凇的建筑学的书"，他在某处写道，"研究各种关于显花植物的欲望的地图集，就死去的语言的炼金术发表辩论的小型刊物，论述东风的遗传学的覆满灰尘的长卷，演绎云杉的神智学、痛苦宇宙学的晦涩小册子。"以这种方式，一份个人化的诸类形象的细目已被罗列——每当形象和与它们关联的事物因其自身的过量而显得无所适从，难以被消化——他会求助于突兀的省略，一种出乎意料的，叛乱式的扭转，以便摆脱那横陈在他的身体上的沉重躯体。

在一份旅行日志的中心，一首诗歌闯入；在一首诗的中心，一种散文体式的声音浮升。

"在哥德堡自然历史博物馆最僻静的一个偏厅，陈列着世界上唯一一头蓝鲸填充标本。侧旁，展出的是它的骨架。在久远的过去，蓝鲸的腹内有一间咖啡馆。它永久地关闭了，自从一对赤身裸体的情侣被人发现呆在这生物的内脏里。"（《那里》）

在我看来，鲸腹里的约拿是这位颠覆性的斯洛文尼亚人的守护圣人。《圣经》人物萦绕着他的诗歌。人们会在最不可能的地方邂逅他——在小便池边尴尬的沉默里，当男人们（一支行刑队？）排队等待小便，避免与身旁的人发生目光接触的时候。在所有地点之中，偏偏就在那里，人们遇见了约拿。

> 正在撒尿的男人们的脸上浮现的
> 是约拿的面容，它被肋骨轧住了？
> 这儿意味着什么，在那儿的那个是啥？
>
> 从那边发出的人声听上去像什么，在小便器的另一头？

这位《旧约》中的人物缠绕他不肯离去。他被转化成了一种心思的意象，一个观念。在一篇诗-散文中，我们读到："我正在读一个句子，'有个人用他的内脏本能说出字词'。我照字面意义理解的是：有个人从他的内脏里说话，从那付已经吃光了它的发言人的字词的内脏里。那个被大口吞咽下去的家伙卡在了胃里，可同时他正说着胃。内部和外部都疯了。"（《那里》）

在这样的时刻，这位诗人最是得心应手。在自我的最深远领土，从那里，有其变换不定的全景，政治和种种问题的外部世界也许得以在一只坚果壳里被陈述。在那一肉身的穴洞内，于盲目感知的重洋上漂游，他祈祷着正确的言辞，如同《约拿书》中的英雄。他曾是蒙上帝派遣往东行使命的人，需遵命前往尼尼微；但约拿选择了登上一艘船，朝着相反的方向航向法雅，他甚至想要去到比直布罗陀更遥远的地方。约拿必然要为他的刚愎强直祷求。他被抛进海水，与船脱开。他被一条巨大的鱼一口吞下。惊奇之余，我们读到，那时候鲸正在"冥想之海"里翱游。约拿在他那漂浮的洞穴里活了下来。祈祷中，他发现了正确的词，被冲上陆地，得以重生。"出生是伟大的神秘。"施蒂格在《身体之书》里写道。对当代诗人们来说，一家咖啡馆或者能代替鲸腹，又如图书馆里的阅览室，一列在巴黎、柏林或纽约的街道下轰隆穿行的地铁客车。它有可能是薄暮中一座飞机场的登机门。阿莱士·施蒂格在飞机场花去了大量时间。他是一位时刻在路上的诗人。"我的家乡人习惯了久坐不动"，他说这话时仿佛——就像几乎所有的诗人——已从他的家系脱身。很有可能，他梦着在一只鲸腹内被渡向不同的城市和国家，穿越远洋。他的日记，他过往的日历，证实了这个男人是如何在全球各地运转的。作为一名诗人，他是全球主义的作用剂。从旅程中挣的每一个硬币，他都花给了新的旅行，施蒂格说。

我在一些最古怪的地方撞见他。又或者，我只是在想象？每当我遇见他，我需要一个片刻去意识到那真的是他，而不是某个二重身。他在核泄漏发生时赶赴福岛；在人们因为 43 名被谋杀的 Ayotzinapa 大学学生举行抗议活动时，飞往墨西哥城；他旅行至印度拉克代夫海的科钦，或是奔向贝尔格莱德的中央汽车总站，在那里，从叙利亚和阿富汗战区抵达的难民们正在赶往北欧，他们的应许之地的途中喘息。他总是出现在那里，在恰当的时机，面带微笑。这是一个断然地融入他的环境的人发出的微笑，跻身于众多环境中的一种——全力以赴，以目睹者的热诚之眼，以随时准备记下笔记之手，一位沃尔特·惠特曼，专心于一个无穷徙动的世代里他的人类同胞。"我正学习去看。"

他最近的《地图集项目》，是关于他在我们的时代的热点旅行的日志本。飞翔的诗人-记者给自己十二个小时飞速略记下他获得的印象。他朝向那些地点和命运旅行。如果成功，他的同代人的身体会显现于他们纤细的脉音，他们近乎透光的本质里。而他自己变得完全透明。随意引用一下波德莱尔吧，他无遮的心，*mon Coeur mis a nu*（我的袒露的心），在他的写作里映现。我看见他，这位遥远的同伴，那个青年欧洲人，被一种奇特的全球化孤独塑造的新物种的典范。

"这首诗不需要读者"，一位波兰诗人最近在他的一首诗里写道。阿莱士·施蒂格的诗歌需要读者吗？自从诗歌写作者与读者的关系已在我们的时代变得如此岌岌可危，这个问题绝不是在修辞意义上提出的。实际上，已经不存在什么关系了，余留的仅仅是一次匿名的邂逅，两条路线在妓院里的一次碰触。

我想要祝贺这位诗人，与他的许多同代诗人们的作品相比，他的写作更多地澄照我。年轻岁月里的阿莱士·施蒂格已经用数种新范式丰富和壮大了我们的欧洲诗歌。而这已经很多了，远远超出我们现在应该要求的。今天，当我结束这篇随笔的一刻，我标记下十二月七日，作为对"国际民航日"的贺词。

2016 年 11 月

大开口戒

[斯洛文尼亚] 罗科·本钦（Rok Benčin）

"在每一碎片里，你的嘴毫不迟延地拥有你。"

如果我们能将阿莱士·施蒂格诗作的重点锁定在单独一个词上，这个词很可能是"嘴"。这个词曾作为他的第一部诗集《小时棋桌》（1995年）的第一首诗的标题出现，它压缩了他的诗歌语言的全部矢量，在这些矢量分散地突入一种坐标系之前。纵观他的后期作品集，这个词总是频频浮现；这些作品不但表明了就母题斟酌而言的一种一致性偏好，还表明了一种诗歌形态的确定性。作为施蒂格的诗歌关键主题之一，嘴，在身体和语言的接触中所处的战略位置主导性地影响了这种斟酌；因为，嘴代表了一种甚至比发生于"存在"和"存有，实有"之间的冲突更为根本性冲突的发生地，后者也即发生于"吃"和"说"二者之间的冲突。嘴，不仅仅同时是语言和身体的一部分，它还表征了身体中的一个空腔，这个空腔提示了身体的脆弱性和依从性。嘴是一个可以被关闭的孔口，身体性的投入和言辞的输出就此被完整地悬置。这也就是说，施蒂格的诗并不谈论养分或语言。相反，它对饥饿感（《巧克力》）和沉默（《即将到来之物的回归》）抱持兴趣。

施蒂格的诗歌是所属关系的根本性转变的后嗣，这一转变决定了对语言的现代理解；据此理解，我们不再讲述语言，因为语言说我们。经由嘴的物理向度，这一转变朝向更深一层曲折发展。这提醒我们，我们不能从语言奔向身体去寻求庇护，因为，我们已发现（在第一行诗里，嘴业已崩解），身体和语言不过只是两个碎片的系列。尽管如此，施蒂格的诗歌绝不是一种关乎丧失或废弃，因而痛叹业已丧失的整体性，或恳求上帝的回归的诗歌；这是一种将破碎视为某种基本条件，视为仅有的起源，视界，及其自身活动的时间和场域的诗歌。"不是深渊不是希望。"（《蜡烛》）。这是一种有关多重起限制作用的规则和不可能关系的诗歌；例如，对于字词和身体的关系，施蒂格在《身体之书》（2010年）全书中自始至终都在探索："有时/身体/想要/成为/一个词。"但即使它变体成为"一"，相反的一种进程并不成立："词/从未/成为/身体。"这种循环不会完整。

身体和语言之间的非关系性这一难解的谜题随着第三个因素在它们二者之间出现而进一步变得复杂——事物。事物的领域，是施蒂格的诗宇宙的第三向度——"在字词变得沉默的地方，事物说话。"《催眠曲》已引入了这一问题——这首诗出现在诗集《喀什米尔》（1997年）当中。由于一首诗的灵感无意浮现，诗人将仅仅罗列围绕着他的事物。而结果便是，这种罗列从来不会是单纯地列出清单，因为事物迫使它们自己进入隐喻，或再生为裸露的数字，这样，"罗列"变为"倒计数"，导向"乌有"。这些议题已经宣告了"实物诗"将于随后的《事物之书》（2005年）中出现，以及存在论诗歌合集《身体之书》（2010年）的诞生。除了沉默和消元（写作这两个主题的施蒂格更可以从佛教哲学观念上，而非从虚无主义的角度被读者感知），我们还遭遇到斯多葛学派描述过的那些经验——比如，当我们发出"推车"这个词的时候，一辆推车从我们嘴里经过。《事物之书》竟如此口语化，这一点令人惊异。它从早餐（《蛋》）开始，不断地返回到食物（《香肠》、《巧克力》、《葡萄干》、《面包》、《果冻》、《盐》、《土豆》），却仅只是为了经历所有那些推送它抵达另一端（《粪便》）的不厌其烦（《胃》，《唾液》，《牙签》）。嘴代表了词语、身体和事物三角关系的重力中心，它们的诸侧面无法一一发生毗连："每一样事物都是一个碎片，没有任何身体是关于身体的语言。"①

对伤口的文献编撰

通过《嘴》，我们逐渐开始知晓为施蒂格首次出版的诗集奠定基调的想象境域：伤口、火、黑暗、沉默。但是，呈现于《小时棋桌》的意象从藏退、裂缝和巨痛等主题剥离。沉默，是将日常语言与其诗意运用分离开来的首要界域："是方式，让你的沉默——教你说话的沉默——保持静默"，"从沉默之眼透出的词"，"低低耳语的沉默"……一个沉默的词使得我们有可能聆听有生命界和无生命界之间的戏剧。身体渐隐，而自然被人格化："水张开它的手"，"河奔流，

---

① 出自《身体之书》封面。

一根穿过眼睛的针","光线将,在任何时刻,切割/我们成熟的皮肤","你的爱是一颗被压碎的葡萄的腹"……施蒂格对这种转换的兴趣,并不在于它们是某种神秘的宇宙互相关性或自由式想象力操练的标志,而更多在于,它们是转化的诸种可能及其限定。从该书的进程中,我们发现这些转化并非没有后果——因此,"伤口"表征了诗进入身体的基础。

随后的两本诗集可以被视为施蒂格的"批判性"阶段的代表作,这一点彰显在更改了跨越由《小时棋桌》开辟的大地所需的种种先决条件的诗歌当中。第二本和第三本诗集反思了"作诗表达"的流程本身,并碎裂其种种错觉。经由这些行动——要么贯串时空发生位移(这种位移有时候变得残酷无情而密实缩聚)(周六三点钟/在超市。),要么将旅行作为流亡(《普图侬——普拉盖尔斯科——卢布尔雅那》)甚或不可能发生的逃离(《回家》),生命界和非生命界之间的相互转化被更替。穿越那片大地碎片的自由流动变得深受限制——身体愈来愈少地嵌入自然,越来越多地在事物之间被铸型。

但施蒂格的诗歌语言批判是康德式的。它的精髓并不在于与错觉缠斗,而在于去探明它们的起源的必要性。这种批判代表了一种暴露出更多可能性的还原。在地点/场所和事物之间的配置关系这二者之间的运动有可能是剧烈的;尽管如此,它揭示出《喀什米尔》拓展的地景,那象征了"之间"(此处并非这里)和"空集"(我希望你从乌有叫醒我)被纯化的空间。此外,身体从自然中分离也为一种既非主观亦非客观,既非对内部的表达亦非对外部的描述的诗歌敞开道路。从这种经验出发，诸如《给你》和《核桃》这样的诗以一种对事物的沉默语言进行非人格性窃听的形式行进。但恰如我们在《事物之书》中读到的，这种经由如《核桃》一诗中的第二人称向第三人称过渡（核桃仁成了你。你蹲下，等。）的"非人格性"，仍受制于主观性的约束。

《瘿瘤》一书中的同题诗暗示了施蒂格的诗歌探索更深一层的方向。这个词指称晚期骨肿瘤，以及太阳表面的连续爆发。空间莫测的多种不同向度通常代理了一种想象手段，用以冲淡人类生存的，以及相应地，人类必死性的涵义。不过，这首诗的重点在别处。死亡的不可规避被漠视，诗歌揭露的是一种与太阳"原因不明"的神奇现象相似的，疾病的偶然爆发（肇始时，肉眼无法将之识别）。事物的发散和身体向偶在让渡，将成为诗人随后两本书的主题，而《瘿瘤》暗示其"方法"（以他的诗歌态为形式）——用诗歌语词将X射线透视与太阳的"燃烧"同等化："以在记忆和肉体中穿越的/光波的字长/记录伤口，愈合/这个世界的残损拥有的命名。"批判性诗歌无法愈合伤口，但它能治疗它们的命名——它不能担保任何形变，但它能捕捉那既扰攘身体也扰攘事物的波段。《瘿瘤》可以被视为沙漏的瓶颈最为窄细的端点，而这正是施蒂格的诗歌本身。这部诗集可以被理解成一种急迫的紧缩，它辅助了朝向"伤口另一端"（《刮擦器》）的流通，后者正是《事物之书》和《身体之书》所探索的。事物与身体脱离，以便借助词语的外在性而仅只保持着接触而已。

取一块面包皮你迅速就让它什么也看不见。

那么,《事物之书》探测到了何种发散?什么是这"事物的非生命性生命"?[1] 除了因涉及那只回眸凝视并旋即被面包屑遮蔽住视线的鸡蛋而可建立的种种理论联想(尤其是精神分析——弗洛伊德和拉康)之外,我们还能辨识出对于格雷戈尔·斯特尔尼夏[2]的诗歌(《眼》与《鸡蛋》是他的两部诗集的标题)的双重指涉;在探索事物的诗学这一领域,斯特尔尼夏是施蒂格的前驱者之一。在诗歌选集的前言,施蒂格提到,Strniša 从人类中心主义转向了拟人论,而这一点也同样适用于描述他自己的《事物之书》。有人可能会认为,抛弃人类中心主义,也就是理所当然地弃绝一切与人类有关的事物,尤其是事物的拟人化;然而,秉持全然的物本主义所进行的尝试,也即一种内在地对事物进行文字意义上的客观化,看起来似乎已导向一种过度的,人类对客观性的"想象性认同"。

施蒂格是这样描绘他的规划的:"我们热望返回'人的创世'之前的状态,当世界仍被事物所统治。无疑,所有的尝试注定会失败。然而,这本书为语言的运动下注,即使面对挫败。"正是语言的失败,代表了一个标有"X"的点,

---

[1] "施蒂格的世界不是无生命的。但这绝不意味着它与活着有关。这意味的是,它揭示出隐藏在非生命界的富于表现力的状态当中惊心动魄的多样性。"语出《沉默之在场的密度》,Lucija Stupica, p. 106。

[2] 格雷戈尔·斯特尔尼夏(Gregor Strniša, 1930—1987),斯洛文尼亚诗人,剧作家。被认为是 20 世纪下半叶最重要的斯语诗人。

从那里,"批判性"诗歌开始挖掘并最终将完成它的事务。正是在语言的失败内部,至少自马拉美的年代以来,存在着诗性语言的可能性条件(补偿语言的赤字)。人类中心论与拟人论之间的悖论性差距存在于施蒂格的自动-诗学的核心。一方面,它旨在将事物处理成完全独立于人类的,另一方面,作为会说话的动物的人类之显著特征,事物经由语言被精确定义。人类拥有事物并支配它们。然而,通过据其所需而获得的命名,事物便也获得了支配人的力量(但通过事物,"我"进入了一种与世界的不同关系)。在语言停止成为工具的一刻,它有能力碰触到事物哑默的语言。在瓦尔特·本雅明的思辨中,不存在"任何本质上属生命的或非生命的事件或事物不以某种方式参与进语言。"① 通过语言,通过不可避开人格化,因此也即一种遭挫败的语言(作为失败的语言),这逃离控制的第一种工具,这初始的也是最基本的陌生化,我们仅仅有能力获得对非生命界的异质性的一种洞察。

然而,做出如上结论,我们可能已太匆促地蒙蔽了鸡蛋的眼睛。关于文学,关于被铭写于事物自身之内的文学的观念,拥有一个漫长的传统。福柯曾提到,这种"世界的散文"是文艺复兴时期建立的知识型的核心。据此类知识型的标准,知识的形成建基于相似性原则,而相似性居于事物之内,等待被解码。"自然科学"因此代表了某种类型的释义学:"在它处于自然状态的,16世纪的历史性存在中,语言

---

① 《早期写作》,瓦尔特·本雅明,哈佛,2011,p. 251。

并不是一个专断的系统，它已在世界中被确立并形成为世界的一部分；这既是因为事物本身如同一种语言，既藏匿也显示它们自己的谜，也是因为语词将它们自己仿如有待被破解的事物一般提供给人类。"① 存在于语词和事物之间的这样一种关系在后来的数个世纪里遗失了，直到现代文学经由一个关键性的转机重新将其发现："但自19世纪始，文学开始再一次令语言重见天日，得以返回其自身的存在：尽管不是像它曾在文艺复兴末期出现时的那样。"② 这样，在《回形针》，一首"没有完结"的诗中，一枚回形针的存在仅仅通过纸上的一个轮廓得到显现——不存在能够将世界重新组装为一个整体的回形针。

福柯灵巧地描述了现代诗歌语言的自由漫游。不过，19世纪的文学同样也重新发现了语词和事物的相互释义学。当巴尔扎克《驴皮记》的主人公走进一家古玩店，各种携带它们自己历史和故事的物体如同一阙未央歌在他面前现形。翻过数页之后，人们发现，新纪元最大的诗人是乔治·居维叶，这位古生物学之父，而不是拜伦。现代解释学不再假定创作的统一性状态，不再认为它满载着给与人类的神圣讯息。不过，就自然物和文化客体（例如，"回形针"的留痕："用一根手指重温那个印痕你继续开始阅读。"）而论，它的确确认了历史、演化和生产的一些痕迹。雅克·朗西埃认为，这也同时为历史唯物主义和精神分析奠

---

① 《事物的秩序：人文科学考古学》，米歇尔·福柯，Routledge，2002，pp. 38—39。

② 同上，p. 49。

定了基础:"因此诗人不再只是名博物学家或考古学家,挖掘化石并剖析其诗性潜能。他还成为了某种症候学家,深入某个社会的晦暗底层或无意识,去破译那些恰恰被镌刻于普通事物的肉体之中的讯息。"①

语言的陌生化就这样与历史的陌生化(《事物之书》的方法,如其多首诗作显示,也为富有革新精神的社会批评建立基础)结合,并且,二者助力于创造出一种震慑人心的,与此同时又充满"喜剧感"的"语词绊倒在了事物上"的场景和部分诗歌实验;这些诗歌实验——在对"自我"弃权的过程中——将"自我"注入事物,从而揭示出那"自我"从未想要去知道的。

至少会有几个名字,称呼它所不是。

在《事物之书》的开端,施蒂格并没有提及影响他的诗歌创作的源泉,例如策兰或斯特尔尼夏,相反,他计入了一个他得自《普通斯洛文尼亚词典》(SSKJ)中的一个发现:"并非每一样事物都有相应的词作为其名称"。原本,这个特定的举隅是被用来举例说明"事物"这个词的第一层涵义的运用,即那"是什么——存在着的——或被认为是什么——被认为存在着的——被感知成一个单元的"。可是,关于我们已经投射了感知的某事物,是否存在一个并不容易被发现

---

① 《审美及其后果》,雅克·朗西埃,《新左派评论》,3月—4月,2002,p. 145。

或不易杜撰的词？而那我们无法将之感知为一个"单元"的，是否就不是任何"事物"？当然，期待一则字典条目能给出具备学术精确度的哲学陈述是不明智的。然而，恰恰正是这种话语的移居入境状态，赋予施蒂格诗集的引导节拍以魅力。不证自明的是，我们无言以对某些事物的存在，就如同，例如，过去并不存在"希格斯玻色子"的字面意义。斯拉沃热·齐泽克会将此类情形指涉为"未知的未知"——我们甚至不知道我们不知道某事物。尽管如此，刚才提及的这种基本粒子最开始是作为理论所指示的一项规则而存在的，它必须被产生，以便它能被感知。在这种意义上，词领先于事物。

研究/生产事物已经成为科学的任务——科学拥有与语言相比远为精确的、效力于此目标的工具——它业已，如施蒂格一再在访谈中指出的——就想象潜能而言，很早就胜过了语言。反过来，诗歌摒弃词语的帝国主义，转向对事物和用语言表达这两者间的现实关系的审议。或许，这一转向在施特凡·格奥尔格的《词语》（1919年）一诗中得到过最为清晰的显现。诗中，抒情主体将陌异的事物带给神秘的造物诺纳（Norna），为此它从它的源泉寻找词。而只有在某一事物已被给与了一个专有的词之后，诗人才能将之返还给他的世界。一天，他带来一样"脆弱的珍宝"，而诺纳无法为它找到一个名字。这本质上意味着抒情主体无法用这一事物为他的大地带来欢愉。因此，诗人只能退让，于挫败中惊呼："词语破碎之处，无物存立。"

格奥尔格的诗歌获得了一位哲学家深深的敬意，他就是马丁·海德格尔；在某种程度上，他置他的哲学思考于诗歌的从属。海德格尔追问他自己一个问题："当存在犹如一种专为来自于词的事物而创制的禀赋出现，存在此时意谓什么?"诗人只能逐渐意识到，当存在找不到任何一个词，因此也就被剥夺拥有一未命名事物的可能性之时，语言答允存在。在这个时候，在人们可能认为那一"脆弱的珍宝"是给予不可命名的存在的命名之处，一种关键性转变发生了。从语言中所挣脱的，正缠绕在语言自身下方。据海德格尔所言，诗人的大地从未接收到的珍宝，就是语言隐匿的本质。① 这珍贵的珍宝是一样事物，并不存在任何关于它的词。但是，这一"事物"不是别的，而是一个不可能的词，使得所有的其他词能够呈现事物。拒认从而转化为确认。被撤销的，给予。"词"与"事物"的不相容性之中出现了它们相互之间具有从属关系这一秘密。

从《事物之书》的《蚂蚁》一诗，可以辨识出施蒂格对于字典词条和格奥尔格那首诗的应答。在这一特定情形中，是蚂蚁将物体带回家。并且，蚂蚁用它采集并回收的物体建造它的家。蚂蚁为语言之家增添了物体，因而在"隧洞的安全和不堪忍受的巨大"之间设立了一道边界。这里不再与珍宝或宝贵的物品有关，因为蚂蚁——如诗歌所传达的——不携带任何讯息或预言。新生成的，渐渐越来越复杂的句子的安全，尤其建基于对于广大的排除；这意味着，已被命名

---

① 《在通向语言的途中》，马丁·海德格尔，Harper&Row，1971，p. 154。

的，就不再是其所是。"它之所是，并没有名字。/当它消失进它的迷宫，只剩余希望，/希望至少会有几个名字，称呼它所不是。"尽管只有当语言的蚁冢弃绝了任意散布的客体的巨大，它才会是一个安全港，恰恰是内部的组织——内部的迷宫，担任了秘密这一角色。词-蚁，正如我们，不是依靠拆毁我们的语言之家，而是依赖于在它的重重迷宫中迷失方向，才能出走并进入广大。只有通过那些并不与事物相符的冗余命名，那些逾越了命名的，对我们来说才是可进入的。这首诗的驱动力，并非来自词和事物原初的相互从属性，而是来自词与事物之间的一种双重失配，来自词语之外事物的剩余和事物之外词的剩余。它代表了对于诗歌事件的文献编撰，一种词与事物的非关系的多个极点的短暂荟萃。

不在任何地方。/……/在逾越它的未知处。

我必须承认，初次打开《身体之书》，我倍感惊讶。《事物之书》里，一切进行得当——第一首诗，标题为"A"（可以假定，一个字母也是一样事物），尾随其后的是（一只）蛋，（一块）石头，（一只）刮擦器，等等；而我对消费主义式的满足感的追求在我发现自己已领会了书封上广而告之的意蕴之际，结出了果实。可是，"身体在哪里？"这一问题，始终笼罩着我关于这部姊妹篇的阅读经验。打开书，读者便迎头碰上数字——似乎在一次面向公众的报告会上有读者畅所欲言，哀叹这已不是诗歌，而是数学。可以肯定的一件事是——如果我们期待施蒂格将作为一名蒙牙痛搅扰、俗话所谓的玄学家折身而返，那么我们错了。

第一部分的标题是"这"(This)。"这"是什么？数学，本体论，或最好是辩证法？或者，我是不是在阅读一次出生——一个身体，或整整一个宇宙论的诞生？为什么"这"是一个身体，而不是一样事物？要不，是不是这身体就是每一个身体，并且并不存在这样的身体？接续的两个部分，《那里》(There) 和《那时》(Then)，并非一般而言的"空间"和"时间"，而是一次指认，一个决断，尽管是难以捉摸的（"这里"(Here) 和"现在"(Now) 不存在确定性因素）。诗，能够仅仅只是一些这里和现在的遗迹吗？在书的第二部分，身体无论如何以某种方式凝聚起了潜能。它拥有它的地点和处所，它旅行、它出生、它死亡、它看和听，却仅仅只是为了——如我们从书的第三部分领会到的——被"碎裂"，碎入词，甚至碎入字母（我如同一个未知的字母表中的字母破碎），碎入有关字母的25首诗——其中每一首专为它自己的那个字母设定，以对应斯洛文尼亚语字母表的25个字母。

决不敢肯定，一本身体之书就应该是一本关于身体的书。身体是这，是那里，是那时。它还是一个数字和一个字母（而反之并不能成立）。这样，身体既不是源始的势弱（被抛入时间和空间），也不是拯救（从字母、数字、语言中拯救）。身体绝不是本真性的担保——这是既非存在于必死性之中，亦非存在于它的愉悦中的本真性——并且，尤其是因受种种限制，它代表了——首要的是——一种可能性："身体就是有穷性。这也就是为什么当我们接触到那些永无止境的,我们是安全的",施蒂格《身体之书》的封面(也即书的最具身体性的部分,它本应存续这一身体性,却又同时代表着最脆弱的部分)这样记述。我们可以想象,密密麻麻的碎片群集如沿轨道运行之物构成了身体(无须假定原初和有穷的完整性),探测着词语和事物的双重宇宙。身体并非联结词语和事物并在它们之间建立起某种关联的第三环节,而毋宁是非关系性中的一种额外元素,它将谜重塑为一种三角关系。施蒂格的二分法(事物-词语、身体-词语、身体-事物、时间-空间等等)并不将诸种关系凝聚(不存在任何关系)。经由每一个极点的内部差异,诸种关系方得以——如同通过一枚回形针——凝聚。"这个我所是的身体,现在,在此,仅仅是其他身体的可能性。""在此"中的"此",绝非地点和场所。"此",只关于丧失的方向。"现在",不是时间(没有时间)。"现在",仅仅是过往的变形的一种拟态。

身体代表了一种既与时间相关也与空间相关的可能性。在《嘴》中,时间从瓶中逃逸。从沙漏中飞奔逃出,从手指滑落的沙粒暗示了时间的物理和身体向度。《小时棋桌》中俯拾即是关于时间的富于感性的意象,连接着对身体的诸种可能的现实化。诗人对一位女性说话,在紧邻"时间的摩天大厦"的地方入睡:"……你仍不知道/过一会儿/你会唤醒你的脸中的/哪一张脸。"《你入睡》这首诗已经摹写了身体作为与时间相关的虚拟性的特征(……当某一/身体在你内部寻找平衡),在《身体之书》中,这一虚拟性从施蒂格作为开端的丰富质变作用中退出,聚焦于时-空-句法的可能性。其中两首诗由"当此之时"("When")支配:"当它气若游丝/……/当它跨出你。/……当无中生有。/当从乌有到另一种乌有。"或,"当你咬破呼吸。/……/当你就是哮喘。/有时候一个身体,几乎。"对于施蒂格而言,身体几乎总是以一个孔口、一个腔洞为中心——嘴:"当我们藏匿时间/于对方嘴中。"

除了时间中众多的脸,施蒂格第一本正式出版的诗集也引入了城市中大量的身体:"身体是不是把骰子投进我嘴里好让我/吐露我们的死亡的积分?是否/我们的死亡并不是一座相似城市的死亡。一座城/透过我们的鼻孔,嘴,输送空气。"(《城市》)处所,并不仅只是施蒂格后期诗-散文和随笔的主题(关于秘鲁的见闻录《有时候一月注入了仲夏》,关于柏林的诗-散文短章《柏林》,一些游牧的随笔),它也在其诗歌中弥漫;从最开始,这些诗就是关于搜寻不可能的空间的表现——那种在其内部和外部之间存在着隐逸线的多重空间;那些纯粹间性的多重空间。第一本文集:"我们即是,当我们既不在此处,也不在彼处,不在任何地方。"(《有时它出现》)第二本文集:"因为此处并非这里。"(《喀什米尔》)在第三本文集中,施蒂格对诗歌语言进行了一种冷峻的分析,警告我们,那,那我们正从中奔逃的,总是在等待我们返归(《回家》)。这也传达出另一重警告,即,诗歌的处所实际上是一个非-处所:既非庇护亦非拯救,而是一项任务。

这些主题同样在两本"之书"中延续:"在你打开一个空间中的一个空间中的空间之前。//这首诗没有完结。"

(《回形针》)从时间和空间中的身体,我们返回到诗。空间的增殖表征了分散的四肢和词语和共同特征:"我的语言就是这样工作的。身体躯干的空间中右肺的空间毗邻的肩胛盂的空间毗邻的一只上臂的空间毗邻的一只前臂的空间毗邻的一只手掌的空间毗邻的一根手指的空间。独个的词独自为它们自己活着。它们是一片自治领,如同高山农场的居民,只在节假日和战时形聚为一个全体。"那么我们如何可能将它们归并入身体和诗的临时装置?一个诗节怎么样才能够在时代中旅行并"将本都一侧苍灰的颧骨与拉文那一只高挺弯拱的鼻子和沃罗涅什一截残臂断肢和布科维纳一扇纤薄的胸骨和库尔德拉兹语的一只耳朵,与一根肋骨,在此处,与此处,结合到一起"?身体的可能性不应该混淆于自主性具身化的任意性——身体的多样性已经,换句话说,表明了它的确定性(那一截残臂断肢永不可能丢弃沃罗涅什)。身体与诗歌被聚拢,仅够它们有能力存续它们的不完整性的留痕,和它们不断重复的解体中包含的约束模式。

施蒂格的诗歌揭示了脱身(disembodiment)和具身(embodiment)的双重运动;在居于乌托邦式的间性之内,和记录身体各部分与事物,与时刻与处所的不可逆结合这二者之间所存在的双重运动。看似反方向的流动构成了这个非-处所的同一方法的两个侧面,此非-处所最终正是词语的处所。我们从《身体之书》发现,词语处于它的处所之内,但词语本身的处所并不在那里。词语"不在任何地方",而在"逾越它的未知处"。根据吉尔·德勒兹的说法,语言的极限,并不由时间和空间中事物与身体的外部来决定。语言的极限也不受可见域与可听域的治理。因为语言的极限是内在化的:"极限不在语言之外,它就是语言之外……它们是处于语言边缘的事件。"① 施蒂格的诗并没有旅行至内部,到那里搜寻更深的对应关系。施蒂格的诗沿着外部的接合部位(语言,身体,事件)运动,在那里,不拥有它们自己的任何身体的词语,能被感觉到;不拥有它们自己的语言的身体可以被阅读;非生命事物能够获取生机。

在某种意义上,诗歌事件与前述的基本粒子存在相似之处。尽管诗人并不创造它们,或任意地召唤它们,它们必须以某种方式,某种形状或某种形式产生。从这个意义上说,诗类似一台粒子加速器,如同触发可能的偶合那般起作用。在《事物之书》中,施蒂格用"我所想要说的"这一表达描绘了诗的意志,它不可被化约为唯意志论。"我所想要说的"并不仅仅代表寻找到正确的词这一磕磕巴巴的欲望。它也并不仅是一个补白的表达。当我说出"我所想要说的",尚未自觉意识到它。我是在表达一种进入"那极度准确的词语"的欲望。一个词卡滞,无法向前移动的那个片刻,恰恰是为通向这个词的迷宫的入口之处所而存在;在这处所,我们遭遇到身体和事物。

---

① 《批判与诊断》,吉尔·德勒兹,Verso, 1998, p. lv。

图书在版编目(CIP)数据

从伤口另一端/(斯洛文)阿莱士·施蒂格著;
梁俪真译. --上海:华东师范大学出版社,2019
ISBN 978-7-5675-9123-3

Ⅰ.①从… Ⅱ.①阿… ②梁… Ⅲ.①诗集—斯洛文尼亚—现代
②散文集—斯洛文尼亚—现代 Ⅳ.①I555.415

中国版本图书馆 CIP 数据核字(2019)第 067227 号

华东师范大学出版社六点分社
企划人 倪为国

本书著作权、版式和装帧设计受世界版权公约和中华人民共和国著作权法保护

From the Other Side of the Wound
by Aleš Šteger
Copyright © Aleš Šteger
Simplified Chinese edition arranged with Aleš Šteger
Simplified Chinese Translation Copyright © 2019 by East China Normal University Press Ltd.
ALL RIGHTS RESERVED.
上海市版权局著作权合同登记　图字:09-2019-239

从伤口另一端

著　　者　[斯洛文尼亚]阿莱士·施蒂格
译　　者　梁俪真
责任编辑　古　冈
封面设计　夏艺堂

出版发行　华东师范大学出版社
社　　址　上海市中山北路 3663 号　邮编　200062
网　　址　www.ecnupress.com.cn
电　　话　021-60821666　行政传真　021-62572105
客服电话　021-62865537　门市(邮购)电话　021-62869887
地　　址　上海市中山北路 3663 号华东师范大学校内先锋路口
网　　店　http://hdsdcbs.tmall.com

印 刷 者　上海盛隆印务有限公司
开　　本　850×1230　1/32
插　　页　4
印　　张　6.5
字　　数　130 千字
版　　次　2019 年 5 月第 1 版
印　　次　2019 年 5 月第 1 次
书　　号　ISBN 978-7-5675-9123-3/I·2043
定　　价　58.00 元

出 版 人　王　焰

(如发现本版图书有印订质量问题,请寄回本社客服中心调换或电话 021-62865537 联系)